나를 기울이는 마음.

루시드폴

음악인이자 감귤과 레몬 나무를 돌보는 농부.
2001년 《Lucid Fall》을 시작으로 2023년 《Being—with》까지 여러 장의 음반을 냈고,
책 『아주 사적인, 긴 만남』 『모든 삶은, 작고 크다』 『너와 나』 등을 쓰고 옮겼다.

# 모두가 듣는다
루시드폴 산문집

2023년 12월 7일 초판 1쇄 발행

펴낸이 한철희 | 펴낸곳 돌베개 | 등록 1979년 8월 25일 제406-2003-000018호
주소 (10881) 경기도 파주시 회동길 77-20 (문발동)
전화 (031) 955-5020 | 팩스 (031) 955-5050
홈페이지 www.dolbegae.co.kr | 전자우편 book@dolbegae.co.kr
블로그 blog.naver.com/imdol79 | 페이스북 /dolbegae | 인스타그램 @Dolbegae79

편집 이하나
표지디자인 김민해 | 본문디자인 이은정 · 이연경
마케팅 심찬식 · 고운성 · 김영수 · 한광재 | 제작 · 관리 윤국중 · 이수민 · 한누리
인쇄 · 제본 한영문화사

ISBN 979-11-92836-40-9 (03810)

# 모두가 듣는다

루시드폴
산문집

돌베
개

꿈꾸고 노래하려 태어났네.

도나 이보니 라라
Dona Ivone Lara

# 차례

하나

둘

하나

함께 추는 춤

토모코 소바주Tomoko Sauvage는 물을 연주하는 음악가다. '바다의 그릇'bowls of ocean이라 부르는 물그릇이 곧 악기인데, 어릴 적부터 피아노를 배워온 그는 이 악기를 연주한 뒤로 평균율에 '오염'된 귀를 다시 조율할 수 있었다고 고백했다.

2017년에 발표한 앨범 《Musique Hydromantique》의 재킷에는 아무 글자도 적혀 있지 않다. 얼음 같기도, 수정 같기도 한 무정형 물체가 매달려 있는 사진 한 장이 전부다. 그런데 볼수록 제목이 묘하다. 음악musique과 물hydro, 낭만romantique. 한국어로 '흐른다'라고 표현하는 세 명사가 모여 제목이 된 건 그저 우연일까. 물hydro과 낭만romantique을 엮은 신조어 'hydromantique'는 어떻게 이해하면 좋을까.


토모코의 손이 '바다의 그릇'을 쓰다듬으면, 그릇을 채운 물이 너울지며 맞닿은 공기를 움직인다. 물이 밀고 당긴 춤사위는 공기로 번지고, 때로는 격렬하게 때로는 부드럽게 시시각각 달라지며 소리의 춤이 된다.

첫 곡 〈물시계Clepsydra〉가 흐르자, 내 방을 가득 채운 공기 분자들이 무언의 대본이라도 읽은 듯 바삐 움직이기 시작한다. 천장으로 창문으로도 돌진하고, 커튼에 부

함께 추는 춤

딮혀 뒹굴거나 유리에 몸을 튕기기도 한다. 소리 너울이 마주 선 책장에 닿으면, 그들은 온갖 꼴의 책 사이사이에 널브러져버린다. 이토록 성실하기 그지없는 공기 춤꾼들은 제각기 춤을 추다 내 귀로 하나하나 쏟아져 들어왔다.

두 번째 곡 〈행운의 과자Fortune Biscuit〉부터는 얘기가 조금 달라진다. 이 곡에서는 숨은 주인공도 만날 수 있다. 보일 듯 말 듯한 이 은밀한 주인공은 춤판의 '무대감독'이기도 하다.

토모코는 콤프레서나 리미터처럼 음량을 제어하는 장비를 쓰지 않고 오직 손놀림만으로 소리를 다스린다. 마이크로 빨려 들어간 소리가 스피커로 나왔다가 다시 마이크로 몰려가면, 숨어 있던 주인공의 몸짓도 조금씩 커진다. 누군가는 '피드백'이라 일컫는, 음악과 소음의 경계에서 아슬하게 몸짓을 키우는 그를 우리는 **공간**이라고 부른다.

마지막 곡 〈캘리그라피Calligraphy〉에서는 250Hz와 500Hz에 걸친 **공간**의 춤이 더 노골적으로 솟고 가라앉는다. 춤이 너무 격렬해지면 믹서에 놓인 토모코의 왼손이 수위를 낮추고, 너무 고요하다 싶으면 도리어 춤을 부추긴다. 언젠가 그가, 한 손으로 연주를 하고 다른 한 손으로 소리를 통제하는 자신이 마치 외줄을 타는 어름사니 같다고 말한 이유다.

공기가 춤을 추면 공간도 따라 춤을 춘다. 성당이나 동굴처럼 소리를 줄곧 되받아치는 춤꾼도 있고, 무향실無響室과 같이 몸이 무척 무거운 춤꾼도 있다. 똑같은 사람이 없듯, 세상에는 똑같은 공간도 없다. 또한 어떤 공간에 있는가에 따라 사람들은 전혀 다른 소리 마당sound field을 경험한다. 음향학자 배리 블레서Barry Blesser가 '우리는 결코 순수한 악기 소리를 들을 수 없다'라고 말한 이유다.

그런데 부끄럼이 많아 자신을 쉬이 드러내지 않는, 공간이라는 무대감독도 가끔 주연 자리에 오를 때가 있다. 얼마 전 세상을 떠난 앨빈 루시에Alvin Lucier의 작품 〈나는 방에 앉아 있습니다I am sitting in a room〉에서 앨빈의 방은 무대감독이고 프리마돈나다.

나는 지금 당신이 있는 방과 다른 방에 앉아 있습니다. 나는 나의 목소리를 녹음하고 이 소리를 방에서 계속 틀 겁니다. 그러면 이 방의 공명 주파수resonance frequency가 증폭되어 말의 본새는 리듬만 남은 채 사라지겠지요. 그때 여러분은 내 목소리와 이어진 이

방의 고유한 공명 주파수를 듣게 됩니다. 나는 이런 행위를 물리적 사실을 보여주는 실험이라기보다, 더 듬거리는 내 말투를 다듬어보려는 방법론에 가깝게 여깁니다.

방이 하나 있다. 방에는 마이크와 스피커가 놓여 있고, 마이크는 방 바깥에 있는 녹음기 두 대와 연결된다. 마이크로 흘러 들어간 앨빈의 목소리는 첫 번째 녹음기에 녹음된다. 그리고 그 소리를 방 안에 놓인 스피커로 재생하는데, 이번에는 재생된 소리를 두 번째 녹음기에 녹음한다. 그 소리를 또다시 방 안의 스피커로 재생하고, 이런 재생/녹음/재생/녹음을 10여 분간 번갈아가며 반복해나간다.

말더듬증stuttering을 앓았던 그가 녹음과 재생을 반복할수록 공명 주파수라 일컫는 공간의 '몸짓'이 차츰차츰 비대해지며 공간은 목소리의 그림자가 된다. 방에 드리운 그림자는 점점 짙어지고 그의 목소리는 아이스크림의 나선처럼 서서히 녹는다. 마침내 매끈히 갈려버린 목소리 뒤에 남은 건 오직 방의 울림뿐. 이제 공간은 더 이상 숨어 있는 무대감독이 아닌 주연 무용수가 되어 무대에 모습을 드러낸다.

세상의 모든 존재들은 알게 모르게 서로를 울리고, 함께 떨리며 살아간다. 나는 공연장 객석에 앉은 이들을 **청**중이나 **관**객이라 부르면 안 된다고 생각한다. 그들도 무대에 선 나를 울리며, 나 역시 그들의 몸짓을 **듣기** 때문이다. 그것은 음악이자 춤이다.

그들은 무대 아래에 있는 연주자다. 무대에서 건너온 소리를 되돌려주는 그들의 몸짓이 다시 나에게 전해지고, 서로 마주한 우리는 마치 앨빈의 방에 놓인 마이크와 스피커처럼 춤을 주고받는다. 공연이 계속되는 한, 우리는 함께 춤을 추는 것이다.

그들은 때론 격렬한 소리 춤을 차분히 진정시킨다. 텅 빈 객석을 앞에 둔 리허설과, 사람이 가득 찬 본공연의 소리가 다를 수밖에 없는 이유다. 부드러운 육체로, 거친 소리를 곱게 흩뜨려주는 그들이야말로 진정 훌륭한 연주자다.


음악은 세상의 떨림을 전하는 길이다. 음악을 연주하고 들을 때, 우리는 모두가 함께 춤을 춘다. 음악가도 청자도 사물도 공간도 공기마저도 모두 함께 추는 춤. 우리는 모두가 음악의 일부이며 전부다.

음악은 누구의 것인가. 만드는 이의 것인가. 듣는 이

의 것인가. 들려주는 이의 것인가. 나는 종종 스스로에게
묻는다. 하지만 음악은 '흐르는' 것일 뿐, 누구의 것도 아
니다. 강물이 누구의 것도 아니고 바람이 그 누구의 것
도 될 수 없듯이. 내가 만든 음악조차 나의 것이 아닌,
나와 함께 춤추는 세상 모두의 것이다.

추운 겨울 아침이다. 잔뜩 구름 낀 바다가 보이는 내
방은 아직 어둡고 푸르다. 창 너머로 등댓불이 반짝이며
리듬을 탄다. 어느새 반려견 보현이 방에 들어와 잠들어
버렸다. 토모코의 음악을 듣다 깊은 잠에 빠진 보현의
곁으로 살며시 다가갔다. 부드럽게, 그의 등을 쓰다듬으
며 혼잣말을 해본다.

창밖에는 눈보라가 몰아치고 있어. 이 춤은 아침의
것, 그리고 저 바다의 것. 지금 여기, 너와 나, 우리
모두가 음악을 들으며 함께 춤을 추고 있구나. 듣고
있니? 이 영롱한 춤은 나의 것이고 또한 너의 것이
야. 우리를 둘러싼 모두가 함께 추는 춤이니까.

모두가 듣는다

입춘이 지나고 농부의 방학도 끝났다. 과수원은 아직 겨울잠에서 덜 깬 듯 고요하다. 거뭇하게 묵은 열매로 가득 찬 광주리를 메고 나무 사이로 들어간다. 새가 쪼은 열매며 들쭉날쭉한 열매들은, 비록 못났지만 튼실하게 여물었기에 썩지 않고 곱게 말라가고 있다.

나는 오늘 이 열매를 땅으로 돌려보내려 한다. 노랗게 시든 들풀 위로 발을 디딜 때마다 바스락바스락 마른 소리가 들려왔다.

'우리 또 만나자. 안녕.'

쪼글쪼글해진 열매를 한 알 한 알 뿌리며, 나는 땅과 나무에게 이른 봄 인사를 건넨다.


가끔 나는 나무의 목소리를 듣는다. '나무를 듣는다'라는 말이 더 정확할지도 모르겠다. 이를테면 나무가 아프거나 날이 가물 때, 어디선가 소리가 들려온다. 그럴 때 주변을 둘러보면 몹시 시들거나 잎을 축 늘어뜨린 나무가 반드시 있다.

"식물은 농부 발자국 소리를 듣고 자란대."

선배 농부인 어느 친구가 해준 말을 나는 아직도 잊지 못한다. 그리고 나무들을 만날 때마다 생각한다. '너희도 내 발자국 소리를 듣니?' '내가 건넨 인사를 듣고 있니?' 내가 **나무를 듣는다면**, 나무도 나를 들을지 모른다.

"귀도 없는 나무가 어떻게 소리를 듣니?"

"감각 신경이 없는데 어떻게 듣는다는 말이야?"

누군가는 이렇게 핀잔을 줄지도 모르겠다. 그런데, 우리말과 글을 전혀 모르는 영어 화자가 "한국어에는 be 동사나 현재분사가 없으니까 현재진행 시제도 없겠지." 라고 한다면? 혹은 "주격조사도 없는 영어에 주어가 있겠어?"라고 한국어 화자가 말한다면? 우리는 어떤 대답을 할까?

호주의 식물학자 모니카 갈리아노Monica Gagliano는 식물도 소리를 듣는다고 믿는 사람이다. 그는 어린 고추 묘종이 소리를 들을 수 있다는 논문*을 발표했는데, 주변에 어떤 식물이 함께 있는지에 따라서 자라는 속도도 달라진다는 내용이었다. 흥미로운 사실은 주변 식물과 주고받는 신호―이를테면 빛과 향기, 흙으로 전해지는 모든 자극을 차단해도 식물들은 끊임없이 신호를 주고받더라는 것이다. 그는 그 신호가 '소리'일 거라고 결론 내렸다.

---

•    M. Gagliano *et al*., *PLoS ONE*, 7 (2012) e37482.

몇 년 후, 연구진은 한 걸음 나아간 결과를 얻었다. 물소리를 녹음해서 완두콩 뿌리를 향해 틀었더니, 물소리가 들리는 쪽으로 더 왕성하게 뿌리가 뻗어나갔던 것이다.* 이 결과도 놀랍지만 물소리 대신 화이트 노이즈**를 들려줄 때 성장 속도가 현저히 떨어진 현상 또한 놀라운 발견이었다. 식물이 소리를 듣는 건 물론이고, 좋아하는 소리와 싫어하는 소리도 있다는 거다.

그 밖에도 애기장대는 애벌레가 잎을 갉아먹는 소리를 들을 때 방어 물질을 더 활발히 분비한다는 연구***라든지, 달맞이꽃은 수분受粉을 도와주는 곤충이 내는 특정 주파수 소리를 골라 듣는다는 연구****도 있다. 식물도 소리를 듣는다는 가설을 실험으로 증명해낸 이런 연구 결과를 보면, 세상의 다양한 식물들도 우리처럼 소리를 듣고 산다는 얘기가 된다.

* M. Gagliano et al., Oecologia, 184 (2017) 151.
** 우리말로는 '백색 소음'이라고 번역하지만 오용하는 경우가 많아 원어 그대로 적었다. 화이트 노이즈white noise는 인간이 들을 수 있는 모든 주파수대에 걸친 소리를 같은 음량으로 합친 '소리 혼합물'이다.
*** H. M. Appel and R. B. Cocroft, Oecologia, 175 (2014) 1257.
**** M. Veits et al., Ecol. Lett., 22 (2019) 1483.

나는 좋은 음악이 나무들에게 '소리 비료'가 될 거라는 엉뚱한 상상을 한다. 비록 나무들의 음악 취향을 알지는 못하지만, 누가 들어도 거슬리지 않는 음악을 들려준다면 그들도 행복해할지 모른다 믿으며 과수원에서 음악을 틀어놓고 일을 했다.

그뿐만 아니라 과수원에서 작곡한 음악을 나무에게도 들려주고 싶었다. 음악이 태어난 곳으로 다시 음악이 돌아가는 '소리 윤회'. 나무와 땅이 전해준 음악을 되돌려보내면, 흩어진 소리가 또 다른 음악으로 모여 다시 나를 찾아올 거라 믿었다. 오늘 땅으로 돌려보낸 열매들이 잘게 쪼개졌다가 언젠가 꽃과 잎, 열매가 되어 나를 찾아올 것처럼 말이다.

나무들과 들을 음악을 고르는 건 나와 아내의 기쁨이었다. 햇살과 바람이 다사로운 날, 좋아하는 음악을 나무들과 함께 들으며 일을 하다 보면, 이곳이 천국일지도 모른다고 생각하곤 했다. 그런데 머지않아 상황이 달라졌다. 과수원 주변 땅이 하나하나 팔리더니 공사판이 벌어졌다.

나무와 채소가 자라던 땅은 하나둘 타운 하우스로 변해갔다. 시끄러운 중장비 소리는 멈출 기미를 보이지 않았고, 한 공사가 끝나면 또 다른 공사가 꼬리를 물고 이어졌다. 어느새 시나브로 초록빛 들판이 사라지고, 심지어 바로 옆 과수원도 팔렸다는 소식이 들려왔다. 그리고 소문을 들은 지 몇 달도 지나지 않아 포클레인과 덤프트럭이 들이닥쳤다.

사람들은 몇날 며칠 동안 나무를 베어냈다. 그 많던 감귤나무와 방풍림을 뽑고 베어내고는 하루 종일 태웠다. 회색빛 재가 된 나무의 유해가 나비 떼처럼 우리에게 날아들었다. 너무 많아서 다 태우지도 못한 나무는 토막을 내서 묻어버렸다. 둥치를 베는 전기톱 소리, 뿌리를 파헤치는 포클레인 소리가 쉴 새 없이 들려왔다.

나는 우리 과수원의 나무들도 분명 그 소리를 들었으리라 짐작한다. 그들도 우리를 듣는다고 믿으니까. 그렇게 수백 그루의 나무를 살처분한 자리에 하나둘, 집이 생겨났다. 사람들은 나무 무덤 위로 올린 고급 빌라로 이사를 왔고, 더 이상 나는 나무들과 음악을 들을 수 없게 되었다.

지난여름, 나는 공사장 소리를 채집해서 음악을 만드는 일에 매달렸다. 괴물 같은 소음을 음악으로 바꿔내는 건, 버려진 플라스틱으로 새 물건을 만드는 것과 비슷할지도 모른다. '소리 폐기물'을 음악으로 업사이클링 하는 일. 그렇게 다시 태어난 음악으로 나 자신과 나무들 그리고 비슷한 처지에 있는 이들을 위로하고 싶었다.

소리 재료를 모으러 멀리 갈 필요도 없었다. 중산간이든 바닷가든 어디에나 공사장이 있었으니까. 현장의 소음은 너무 커서 가까이 다가가지 않아도 충분했다. 멀찍이서 녹음 버튼만 누르면 되는 일이었다.

녹음기를 켜고 헤드폰을 쓰자, 맨귀로는 들리지 않던 50Hz 근처 초저음이 심장을 울렸다. 포클레인이 땅을 때릴 때마다 엄청난 에너지의 소리가 뿜어 나왔고, 그을린 일꾼들이 철근을 자를 때면 모난 소리가 불꽃처럼 튀어 올랐다.

덤프트럭이 돌을 쏟고, 그라인더가 쇠를 갈고, 비계 위로 철근이 떨어질 때, 온갖 날카로운 소리가 녹음기로 쏟아져 들어왔다. 사람들은 귀마개도 하지 않은 채 묵묵히 일하고 있었다.

자연에도 극단이 있을까. 세상에 존재하는 극단은 대부분 인간이 만든 것이다. 인간은 극단적으로 단단한 물질을 극단적으로 날카로운 도구로 다뤄 극단적인 소리를 만들어낸다. 사운드 아티스트 야나 빈데렌Jana Winderen의 말대로 소리가 가장 비물질적인 물질이라면,

극단적인 소리 역시 인간이 만든 물질이다. 공사장에서 들려오는 난폭한 소리를 듣고 있자니, 함께 살아가는 나무와 풀꽃 그리고 어딘가 숨죽이고 있을 동물들이 마음에 밟혔다. 나는 우리가 사는 지구, 바로 그 고통받는 어머니Mater Dolorosa의 모습이 떠올랐다. 어디서 우는 소리가 들려오는 듯했다.

그렇게 녹음한 소리를 잘게 자르고, 섞고, 그래뉼러 신서시스granular synthesis라는 방식으로 재조립했다. 마치 묵은 감귤을 미생물들이 쪼개어 흙으로 되돌리듯, 날카로운 소리를 쪼개 조각을 만들고 새롭게 샘플링했다. 그리고 멜로디와 화성을 만들어갔다. 나는 이렇게 태어난 작품에 〈Doloroso〉*라는 제목을 붙였다.

정주석에 정낭을 걸고 과수원을 나서는 길, 오늘도 나무들을 보며 인사를 건넨다. 이 순간만큼은 내 안에서 아무것도 일어나지 않는다. 그저 텅 빈 듯이 느껴질 뿐.

---

• 라틴어로 '고통스러운'을 뜻하는 'Doloroso'는 2022년 제주 아트 페스타의 의뢰로 10분짜리 루프 테이프를 오래된 카세트 데크에 넣어 출품한 오브제 작품 제목이다. 앨범 《Being-with》에 〈Mater Dolorosa〉라는 제목으로 수록되었다.

멀리 있는 귤나무가 핼쑥한 순을 흔든다. 들릴 듯 말
듯한 가냘픈 소리를 바람이 전해주었다. 겨울을 견뎌낸
가을 순의 목소리일까. 바람은 동백나무 사이로 숨고, 나
는 바람이 숨어든 나무를 바라본다. 아직 붉은 꽃이 가
득 달린 동백나무 품에 새들이 와글와글 안겨 있다. 나
무와 동박새가 함께 웃는 소리 뒤로 멧새 한 마리가 날
아올랐다.

봄이 오면 과수원의 녹슨 스피커로 다시 음악을 틀
어볼까. 나무들과 함께 〈Mater Dolorosa〉를 듣고 싶다. 분
명 나무는 밝은 귀를 지녔을 테니 크게 틀 필요도 없을
지 몰라. 소리를 모으고 잘게 쪼개어 음악을 만들고, 그
음악을 세상으로 되돌리는 일을 생각하다가, 혹시 내가
소리 미생물이 된 건 아닐까 하는 상상을 해본다.

오늘 땅으로 돌려보낸 열매는 언젠가 잎과 꽃으로
피어날 것이다. 내가 들었던 나무의 소리는 누가 뿌려둔
소리였을까. 세상 어디를 거쳐 무엇이 내게 들려온 걸
까. 내 음악을 머금은 땅에 우뚝 선 나무들은 또 어떤 소
리를 들려줄까. 나무의 소리든 사람의 소리든 나를 잠시
멈춰 놓아야 들을 수 있다. 듣지 못하면 느낄 수 없다.
우리는 듣는 만큼 보고, 듣는 만큼 느낀다.

모두가 듣는다

나의 작은 작곡가

나룻배처럼 말린 잎사귀가 창문 너머로 손을 흔든다. 매운 겨울바람을 피해 발코니로 옮겨둔 아기 귤나무 잎이다. 아침 공기는 어제보다 부드럽고 햇살도 한결 짙어졌다. 겨울이 조금씩 물러가는 소리가 들린다. 창가에 줄지어 선 나무들을 살피다 화분 속 흙을 만져보았다. 푸석푸석한 흙 알갱이가 손끝에 닿는다. 노랗게 마른 잎사귀도 여럿 있다.

정말 일기예보대로 비가 와줄까. 화분을 꺼내며 생각한다. 우수雨水에 단비가 내려준다면 나무들이 얼마나 기뻐할까. 귤나무 세 그루와 레몬그라스 화분 하나를 잔디밭으로 옮기고, 분무기 꼭지를 돌려 물을 틀어본다. 뽀얀 물방울이 마른 흙을 금세 적셔주었다. 축 처진 나뭇잎이 하나둘 고개를 든다.

나와 함께 사는 진귤나무는 모두 한 엄마가 낳은 형제들이다. 귤나무라고는 하지만 흔히 보는 밀감나무는 아니고, 오래전부터 이 섬에 살았다는 토종 진귤나무다. 보통 감귤은 씨앗이 없지만 품종 개량을 하지 않은 이런 토종 열매에는 씨앗이 가득 차 있다. 나의 아기 나무들도 씨앗에서 자라난, 이른바 '실생목'實生木이다.°

언젠가 오일장에서 '산물'이라는 이름표를 단 나무를

본 적이 있다. 산물은 진귤을 부르는 이곳 방언인데, 조막만 한 열매가 서넛 달린 어린나무였다. 탁구공보다 조금 큰 주황색 열매는 작고 귀여운 아기 유자 같았다.

"먹는 건 아니고, 약으로 쓰는 거예요."

신기한 듯 나무를 바라보던 나에게 상인이 설명을 해준다. 한약재로 쓰는 진피陳皮는 원래 밀감 껍질이 아니라 진귤 껍질을 말하는 거란다.


아기 나무들의 엄마는 무려 130살이 넘었다. 고목을 떠올리면 높이 솟은 수관樹冠부터 떠오르지만, 엄마 나무는 그렇지 않았다. 막연한 상상과는 달리 나무일까 싶을 만큼 특이한 모습이었다. 마치 남방불교 사원에 모신 와불 같았다고나 할까.

"한번 구경해볼래?"

아주 오래된 나무가 있다는 친구의 말에 나는 그의 부모님 댁 뒤뜰로 갔다. 보호수임을 알리는 팻말 뒤로 길게 누운 엄마 나무가 묵묵히 인사를 건넸다. 어른 몸통만큼 굵은 줄기며 푸릇푸릇한 이끼가 덮인 수피를 보니, 옛날이야기에 나올 법한 이무기가 떠올랐다. 친구는

• 우리가 즐겨 먹는 온주밀감나무는 접목으로 번식한다.

태풍에 주지主枝가 꺾여 이런 모양이 되었다고 말했다. 그런데 땅에 바싹 엎드린 나무 아래로 파란 새싹이 빽빽하게 돋아나 있었다. 지난봄 나무가 낳은 아기들이다.

나와 아내는 아기 나무 네 그루를 거둬 집으로 왔다. 떡잎 두세 장을 겨우 펼친 신생목이라 나무는 잎도 줄기도 뿌리도 여렸다. 그중 한 그루는 분갈이를 하다 그만 죽고 세 그루가 남았는데, 살아남은 세 형제는 함께 햇살과 비를 맞으며 튼실히 몸을 키워갔다.

우리는 점점 커가는 나무의 덩치에 맞게 여러 번 화분을 갈아주었다.

"뿌리가 정말 잘 자랐네. 건강해, 아주."

분갈이를 도와준 친구가 감탄하며 나무를 들어 올리자, 화분 속을 빙빙 돌며 채운 노란 잔뿌리가 빼곡히 보였다. 우리는 기쁜 마음으로 나무에게 넉넉한 옷을 갈아입혔다.


이듬해 나는 보현의 사진과 음악으로 채운 특별한 앨범을 냈다. 보현의 소리로 만든 리듬, 보현의 소리로 만든 악기, 보현과 걷는 길에서 담아 온 소리로 〈산책 갈까?〉라는 곡을 짓고, 콜라비를 씹는 보현의 소리를 재조합해 〈콜라비 콘체르토〉라는 곡을 완성했다. 앨범에는 '보현

작곡, 루시드폴 편곡'이라는 크레딧을 남겼다.*

"그럼, 다음엔 식물과 음악을 만드실 건가요?"

이 앨범이 나왔을 때 몇몇 사람이 물었다.

"네. 그런 작업도 하고 있죠."

내가 그렇게 대답하면, '농담처럼 물었는데, 진짜네?'
하나같이 그런 표정을 지으며 황당하고도 신기하다는 반
응을 보였다. 그런데 나는 정말 나무와 음악을 만들고 있
었다. 아기 진귤나무와 함께 말이다.

어느 여름날, 나는 반 뼘만큼 자란 진귤나무를 작업
실로 초대했다. 그리고 잎사귀에 센서를 달아** 미세하게
흐르는 생체 신호를 받았다. 센서가 나무의 생체 신호를
감지해 CVcontrol voltage라는 전기 신호로 바꾸면, 모듈러 신
시사이저라는 악기로 연주를 할 수가 있다. 나무의 생체
신호가 신시사이저를 위한 악보로 변하는 것이다.

나는 모든 준비를 마치고 나무에 센서를 붙인 뒤 녹
음기를 켰다. 그러자 신시사이저는 멈춤 버튼을 누를 때
까지 끝없이 연주를 이어갔다. 나무는 온몸으로 악보를

* 한국실연자협회에도 보현을 연주자로 등록하려 했으나, 비인간
　연주자는 등록이 불가하다는 답변을 받았다.
** 나무에게는 스트레스를 주지 않는 방식이다.

만들어내고, 신시사이저는 그에 맞춰 연주를 했다. 시작과 멈춤 버튼을 누르는 일을 빼면 내가 한 일은 아무것도 없었다.

그로부터 또 한 해가 흘렀다. 아기 나무의 잎사귀는 한결 더 푸르고 도톰해졌다. 줄기도 제법 굵어졌다. 나는 더 진지하고 섬세한 '협업'을 하고 싶어 나무를 다시 작업실로 초대했다. 이번에는 나무가 보낸 음표를 미디MIDI 신호로 바꿔 컴퓨터에 저장하기로 했다. 시간이 지나도 다시 연주할 수 있도록 악보를 남겨두려는 것이다.

'피아노가 좋을까? 마림바는 어떨까?'

나는 왠지 진귤나무와 어울릴 듯한 음색을 골라 컴퓨터와 모듈을 연결했다. 그리고, 시작. 나무는 4성부의 멜로디를 만들어냈고 가상 악기가 악보에 맞춰 연주를 했다.

"너무 아름다워."

멀리서 음악을 들은 아내가 감탄했다. 그런데 어느 순간, 음악이 멈춘다. 무슨 문제가 생긴 걸까. 하지만 아무리 들여다봐도 원인을 찾을 수 없었다. 잠시 후, 그저 잠깐 쉬었다는 듯 나무가 다시 악보를 그려나갔다. 나무는 연주할 때와 멈출 때를 스스로 결정했다.

손가락 끝으로 나뭇잎을 살짝 건드렸다. 나무는 기

다렸다는 듯이 잇단음표를 내보냈다. 창문 커튼을 열자 햇살이 쏟아졌다. 볕을 쬔 나무가 빠른 리듬으로 음표를 그리고 컴퓨터는 악보에 맞춰 신나게 소리를 냈다. 그때 그때 모든 것이 달랐다. 나무와 컴퓨터는 매 순간 다른 음표와 박자로 끝없이 음악을 만들어갔다.

이날의 협업을 통해 30분이 넘는 멜로디를 만들었고, 〈Moment in Love〉라는 곡이 태어났다. 이 곡을 실은 앨범 《Dancing with Water》의 크레딧에는 진귤나무의 학명을 기록해두었다.

처음 이 곡을 들은 사람들은 "나무가 부른 노래라고요?"라며 내게 묻는다. 나무가 부른 노래일까. 나무가 연주한 음악일까. 나무가 작곡한 선율일까. 어떻게 해석하든 나무가 곡을 만든 것만은 틀림이 없다. 그 순간, 그가 아니었다면 이 음악은 태어날 수 없었으니까. 나는 그가 준 멜로디를 인간의 질서로 다듬었을 뿐이다.

'나무가 작곡을 한다'라고 말할 수 있을까. 누군가는 이 말이 이치에 맞지 않는다 여길 수도 있다. 음악은 인간의 것이고 이성의 산물이라 생각한다면 그럴 법하다. 그렇다면 나는 어떻게 음악을 만들까. 나는 과연 내 음악의 엄마일까. 내 음악은 정말 나의 것일까.

사람들은 묻는다. "음악을 어떻게 만드나요?" "곡은 어떻게 쓰나요?" "가사를 먼저 쓰나요? 곡을 먼저 짓나요?" 그런 질문에 나는 명확한 대답을 할 수가 없다. 이유는 간단하다. 나도 잘 모르기 때문이다.

음악이 태어나는 순간은 나에게도 여전히 신비롭지만, 신비로운 만큼 탄생의 인과를 나는 잘 이해하지 못한다. 수많은 시간을 거쳐 겪어낸 것, 내 안에 흩어져 존재하던 무질서한 조각들이 나도 알 수 없는 어느 **순간**, 거짓말처럼 모여 **무언가가 되어버린다**. 그렇게 엉겨든 그 **무언가**는 나라는 필터를 통해 비로소 음악이라는, 비언어적인 언어로 형상화되지만, 나는 그 경이로운 순간을 예측하지도 계획하지도 못한다. 다만 할 수 있는 한 많은 걸 겪고 내 안에 차곡차곡 쌓아두는 것. 그러다 때가 되면 악기 앞에서 또는 종이와 연필을 들고 기다리는 것. 그게 내가 하는 일이다.


영국 음악가 브라이언 이노Brian Eno는 생성 음악generative music이라는 개념을 제시했다. 생성 음악이란 한 번 시작하면 누군가 멈추기까지 무한히 흐르는 음악을 말한다. 그는 작곡가를 정원사에 비유했는데, 작곡가가 씨앗을 뿌리면 그 씨앗이 싹을 틔우고 음악으로 자라난다는 거다.

이노의 말을 곰곰이 새기다 보니, 생성 음악은 곧 '자생 음악'이라고 이해하는 편이 더 정확할지도 모르겠다. 그런데 음악의 씨앗은 정말 작곡가가 뿌리는 걸까.

나는 작곡가란 씨앗을 뿌리는 정원사가 아니라, 씨앗을 품은 땅이 아닐까 싶다. 정원사가 씨앗을 뿌릴 때 발을 디디고 서는 바로 그 땅 말이다. 세상이 모아 건네준 씨앗을 품고 있다가 음악으로 밀어내는 일. 나는 그것이 작곡가의 일이라고 본다.

비옥한 땅은 제 품의 씨앗을 힘차게 틔워낼 테고, 척박한 땅은 아무리 애를 써도 씨앗을 움트게 할 수 없다. 한편 거친 땅도 얼마든지 비옥해질 수 있고, 아무리 비옥한 땅도 내버려두면 생명력을 잃는다. 그것 역시 너무도 닮았다.

음악이라는 사건. 그 현상의 씨앗은 세상이 뿌려둔 것이다. 움직이고 출렁이는 모든 것, 이를테면 악기 소리, 밀물과 썰물*, 사람의 뇌파**, 나무의 맥박. 그 어떤

---

* 작곡가 에릭 그리스우드Erik Griswood는 기후 변화를 연구하는 과학자 리베카 커닝햄Rebecca Cunningham과 함께 50여 년에 걸친 밀물과 썰물 데이터로 음악을 만들었다.
** 이탈리아의 Soundmachines사에서는 뇌파를 CV 신호로 바꿔주는 모듈러 신시사이저 'BI1 brainterface'를 개발했다.

38

것도 음악의 씨앗이 될 수 있다.

작곡가는 세상에 가득한 온갖 기호를 음악으로 바꾸는 **알고리즘**이다. 그렇게 본다면 음악은 '만드는' 것도 '만들어지는' 것도 아닌, '일어나는' 것 혹은 '되는' 것일지도 모른다.

한 사람의 작곡가는 우주의 수많은 알고리즘 중 하나이자 기호를 통역하는 프리즘이다. 나는 나의 진귤나무도 누구보다 훌륭한 통역가라고 생각한다. 내 손길이 그의 몸을 건드릴 때, 햇살이 그를 비출 때, 그는 그만의 방식으로 음표를 건네고 쉼표를 그렸다. 때론 침묵하는 시인처럼, 때론 프리스타일 래퍼처럼, 누구의 지시나 명령도 따르지 않고 음악을 '일어나게' 한 작곡가 나무. 나는 그의 음악을 생성 음악도 자생 음악도 아닌, 재생 음악regenerative music이라 부르고 싶다.

거짓말처럼 내린 단비에 나무들은 더없이 반짝이며 빗물을 들이켠다. 세상을 돌고 돌아 수많은 풀과 나무의 날숨을 머금은 빗방울. 나무에게 이보다 더 귀한 보약은 없다. 비는 온 생명의 숨결을 품고 나무에게 양껏 밥을 먹여주는 대지의 숟가락이다. 한량없이 감사한 봄비가 내리고 나도 나무처럼 소박하게 아침을 먹었다. 머지않아 잎눈도 꽃눈도 잠에서 깨겠지. 보일 듯 말 듯한 봄이 기지개 켜는 소리가 들려온다. 나는 나의 작은 작곡가와 함께 또 한 번의 겨울을 무사히 났다.

들리지 않는 몸짓

한 해 감귤 농사는 가지치기로 시작된다. 가지치기를 잘하면 병해충도 줄고 수확량도 조절할 수 있기에 농가에게는 가장 중요한 일 중 하나다. 하지만 가지치기를 하는 봄이 오면 나는 마음이 무겁다. 10년 차 농부라지만 아직도 자신이 없고, 한번 잘못한 가위질, 톱질이 나무에게 얼마나 큰 상처를 남기는지 잘 알기 때문이다.

처음 농사를 시작할 때, 아무것도 몰랐던 나는 선생님을 모셔 오기도 하고 농업센터에서 강의도 들었다. 전문가에게 맡겨본 적도 있다. 그들이 가지치기를 할 때 어깨너머로 배워보려고도 했지만, 보는 것만으로는 남는 게 없었다. 직접 몸으로 부딪혀 나만의 방법을 찾는 것. 그 길밖에 없음을 깨달았다. 하지만 그러는 사이 나는 나무들에게 너무 많은 상처를 남겼다.

서툰 손짓이 남긴 나무의 흉터를 마주할 때면 이루 말할 수 없이 미안하다. 그럼에도 그들은 언제나 너그럽고 씩씩하게 나의 손길을 받아준다. 일이 아무리 느려져도 나무를 신중하게 대할 것. 잔가지 하나를 자르더라도 몇 번이고 거듭 고민해서 자를 것. 그런 다짐을 하며 나는 오늘도 나무의 품으로 들어간다.


나무도 다치면 반드시 반응을 한다. 우리와 조금도

다를 바가 없다. 나무 역시 상처가 생기면 주변 조직을 키워 상처를 치유하려 애쓰지만, 단지 그 반응과 치유의 과정이 인간에 비해 느릴 뿐이다. 느리고도 필사적인 재생의 **몸짓**이다.

나무는 한번 사람의 손을 타면 본래 수형을 잃는다. 그러면 그때부터는 어쩔 수 없이 사람이 계속 나무를 돌봐야 한다. 가지나 줄기가 잘리면 주변 조직이 자연스럽지 못한 방향으로 자라기 때문이다.

자연농법을 주창한 농부 철학자 후쿠오카 마사노부 福岡正信는 자신도 귤나무의 원래 수형이 어떤지 알지 못한다고 고백하면서, 다만 이상적인 수형처럼 여기는 개심자연형開心自然形은 분명 '자연'스러운 수형과는 거리가 멀 거라고 설파했다. 일본이나 한국의 농업기술센터에서는 개심자연형이 가장 이상적인 수형이라고 선전하지만 그건 단지 더 많이 더 편하게 열매를 수확하도록 '개발'한, 인간을 위한 수형일 뿐이라는 것이다.

사실 나무는 잎과 가지를 알아서 떨구고 고사시키며 몸을 꾸릴 줄 안다. 그래서 가만히 내버려두면 주변 환경에 알맞게 스스로 몸을 만든다. 하지만 과수원에 사는 나무들에게 이런 삶은 좀처럼 허락되지 않는다. 과수원은 자생과 관리, 자연과 인공, 나무의 복지와 인간의 이

들리지 않는 몸짓

윤이 부딪치는 공간인 까닭이다. 나무 입장에서 보면 매우 이상한 환경일 거다.

언제부턴가 나무를 만나면 나는 나무의 상처부터 살펴보게 되었다. 사실 상처 없는 나무를 만나기란 거의 불가능하다. 주지가 댕강 잘린 가로수, 썩어 들어간 등걸, 인위적으로 키를 맞추느라 수관이 툭툭 잘린 정원수도 드물지 않다. 얼마 전에는 과수원 옆으로 이사 온 사람들이 우리 방풍림을 잘라버렸다. 무슨 일인지 묻자 '나무가 뷰를 가려서 잘랐다'라는 대답이 돌아왔다. 나는 할 말을 잃고 며칠을 앓았다.

만일 나무가 비명을 지를 수 있다면, 사람들은 나무를 더 조심스럽게 대할까. 전망을 가린다고, 너무 높이 자랐다고, 더 이상 필요 없다고 쉽게 나무를 자를 수 있을까.


식물도 아픔을 느낄까. 아픔을 느낀다면, 그 아픔을 표현할까. 믿지 못하겠지만 식물도 소리를 지른다는 연구 결과가 있다. 이스라엘 텔아비브대학 연구팀은 물이 부족하거나 몸이 잘려 스트레스를 받는 식물이 소리를 지른다는 논문을 학술지 『Cell』에 발표했다.*

실험에서 측정된 식물의 '비명'은 사람이 들을 수

없는 음역대**에 걸친 음파였지만 음량은 상당히 컸다. 수치로 따지면 62에서 67dBSPL 정도인데, 이는 5미터 가량 떨어진 곳에서도 측정될 만큼 큰 '소리'다. 일상생활에서 음악을 듣거나 대화를 나눌 때의 음량과 비슷한 셈. 그러니까 식물도 비명을—그것도 크게 지르지만, 단지 우리가 들을 수 없을 뿐이라는 게 연구진이 내린 결론이었다.

'들을 수 없는 소리'는 세상에 없다. 들을 수 없다면 소리로 정의하지 않기 때문이다. 그래서 설령 나무의 비명이 존재한다 해도, 인간에게는 '소리'로 성립하지 않는다. 그러나 인간의 청력을 능가하는 생물은 세상에 수없이 존재한다. 박쥐나 돌고래는 말할 것도 없고 개나 고양이, 소와 말도 사람보다 훨씬 높은 음역대의 소리를 들을 수 있다.

그렇다면 나무가 잘릴 때, 어쩌면 그런 동물들은 나무의 비명 **소리**를—그들에게는 비로소 **소리**가 된다—듣게 될지도 모른다. 혹시 이웃 나무는 친구의 비명 소리를

---

•   I. Khait *et al.*, *Cell*, 186 (2023) 1328.
••   20,000Hz에서 100,000Hz 사이에 걸친 높은 소리다. 인간이 들을 수 있는 소리의 주파수 범위는 대략 20Hz에서 20,000Hz다.

듣고 상처를 보호할 물질을 미리 준비하지 않을까? 식물의 비명은 그래서 존재하는 건 아닐까? '마음 단단히 먹어. 네게도 곧 닥칠지 몰라.' 그런 메시지가 아닐까?

　헤드폰을 쓰고 숲을 걷다 마이크를 켰다. 눈을 감고 귀를 기울이니 마냥 걸을 때 들리지 않던 온갖 소리가 들려온다. 갈쭉한 쑥대낭*을 흔드는 바람결과 숨어 있는 오색딱따구리며 섬휘파람새 소리가 또렷이 '보인다'. 좀처럼 모습을 들키지 않는 뻐꾸기도 여름을 부르며 나타났다. 뻐꾸기를 듣고서야 비로소 봄의 끝자락이 보이는 듯싶다.

　조금 더 걸어가 본다. 그런데 갑자기 마이크가 작동하지 않는다. '삐이―' 하는 노이즈만 들릴 뿐, 아무 소리도 들리지 않더니 먹통이 되어버린다. 그때 내 앞에 떡하니 버티고 선 송전탑이 보였다. 높이 솟은 송전탑 아래에서, 아무것도 들리지 않았지만 나는 분명 무언가를 듣고 있었다.

　맨귀로 들을 수 없는 무언가―아마도 송전탑에서 뿜어져 나온 전자파가 예민한 콘덴서 마이크를 마비시

---

*　삼나무를 일컫는 제주 방언.

46

컸나 보다. 그런 생각을 하니 침묵이 두려움으로 변했다. 내가 들을 수 없는 무언가가 나를 쫓아내고 있었다. 돌아가라고. 멀리 가라고. 나를 밀쳐내는, 그 소리 아닌 소리를 피해 서둘러 그곳을 떠났다. 숲을 빠져나와 한참이 지나니 다시 마이크가 켜진다.

어제는 섬 동쪽에 중장비가 들이닥쳤다고 한다. 도에서 용천동굴이 지나가는 곳에 하수처리장을 지으려 한다는데, 동굴을 지키고 선 사람들의 눈을 피해 기습 공사를 시도한 것이다.

당연한 얘기지만 동굴에도 수많은 동식물이 산다. 누군가는 그들의 소리를 듣지만, 누군가는 들으려 하지 않는다. 찻길을 넓힌다고 수십 년 넘게 살아온 나무를 잘라낸 숲이 있다. 어떤 이들은 그곳에 사는 맹꽁이와 쇠똥구리와 긴꼬리딱새의 소리를 듣지만, 또 어떤 이들은 아무것도 듣지 않았다. 그리고 아무렇지 않게 나무를 잘라냈다.

들리지 않는데 대체 뭐가 문제냐고 묻는 이들에게 이렇게 말하고 싶다. 아무리 "세상은 듣지 않는다"* 해도 함께 사는 타자의 몸짓을 애써 듣고, 보려는 사람도 우리 곁에는 정말 많다고.

47       들리지 않는 몸짓

천 개의 손과 천 개의 눈을 가졌다는 관세음보살을 생각하면 나는 나무가 떠오른다. 관세음보살은 세상의 모든 소리世音를 '바라본다'觀. 나무는 그 많은 잎으로 태양을 바라볼 수 있으니, 하늘과 땅을 향해 손을 펼치고 온갖 소리를 바라보며 사는 건 아닐까.

그러고 보니 오늘은 부처님이 오신 날이다. '큰 사랑은 큰 슬픔에 있고 큰 슬픔에서 하나가 된다'大慈大悲 同體大悲라는 석가모니의 말씀은, 분명 '슬픔을 바라보는 귀'를 가지라는 뜻일 거다.

천 개의 손과 천 개의 눈을 가진 관세음보살처럼 귀를 기울여 주변을 바라보라는 말씀, 그러다 보면 들리지 않던 세상의 몸짓도 비로소 들릴 거라는 귀한 말씀이다. 나 같은 우매한 중생은 애써 듣지 않으면 아무것도 보이지 않고, 보이지 않으면 아무것도 느낄 수 없으니 말이다.

• 루시드폴 〈진술서〉.

나를 기울이면

진눈깨비가 내리는 날, 매서운 바람을 맞으며 마을 포구로 갔다. 아주 오래 전, 배가 들락거렸다는 이 포구의 도댓불* 옆으로 하얀 갈매기들이 가지런히 앉아 바람을 맞고 있었다. 포구 끝으로 걸어가 눈송이가 떨어지는 선창에 앉았다. 그리고 빙하처럼 푸른 물속으로 동전만 한 수중 마이크를 드리웠다.

멀리서 알록달록한 등산복을 입은 올레객들이 나를 보며 지나간다. 콘크리트 담 뒤에 선 아내는 나를 향해 카메라 셔터를 누르고 있다. 눈을 머금은 갯바람이 옷깃 사이로 스미고, 털모자 위에 헤드폰을 덮어 쓴 나는 장갑을 벗고 녹음 버튼을 눌렀다. 무슨 소리가 들린다. 몸을 웅크리고 눈을 감은 채 가만히 그 소리를 듣는다.

갯바위를 휘청휘청 걸을 때마다 검은 갯강구들이 불티처럼 흩어졌다. 군데군데 보이는 백사장 구멍 속에는 누가 살고 있을까. 보말이나 게의 집일까. 그들은 어쩌면 이 낯선 침입자의 소리를 듣고 숨죽인 채 숨어 있을지 모른다.

나는 조심스레 모래를 파서 마이크를 묻고 주저앉았다. 헤드폰으로 낯선 소리가 들려온다. 무언가가 흐르는

---

• 　제주의 옛 등대.

50

소리, 다이어프램*을 톡톡 건드리는 소리도 들린다. 누구의 소리인지, 무얼 전하는 소리인지 알 수 없지만 분명히 누군가 있다.

아내가 찍어준 사진 속 나는 낯설고도 우스꽝스러웠다. 까만 롱 패딩을 뒤집어쓰고 활처럼 등을 구부린 뒷모습이 꼭 시소에 올라탄 판다 같다. 그런 나를 수상하게 쳐다보며 지나가던 올레객의 시선이 떠오른다.

'저 사람은 뭘 하는 거지? 이 궂은 날씨에 줄낚시라도 하나?'

하긴, 낚시라면 낚시일 수도 있겠다. '소리 낚시'라고 해야 할까. 마이크를 바닷물에 드리우고 잠잠히 앉아 있다 두레박을 꺼내듯 마이크를 끌어 올리는 내 모습을 떠올리다 보니, 언젠가 할머니가 들려준 얘기가 생각났다.

해마다 방학이면 나와 누나, 사촌 형제들은 외갓집으로 갔다. 외갓집은 지금 내가 사는 곳과 닮은 바닷가 마을에 있었다. 초등학생이던 우리는 바다에서 조금도 싫증 내는 법 없이 놀았다. 굴 껍질에 살이 베여 피가 나

---

* diaphgram. 소리를 받아들이는 마이크의 얇은 막.

고, 넘어져서 무릎이 까져도 도시 꾸러기들을 말릴 수는 없었다.

그런데 어린 마음에 참 이상하다 싶은 게 있었다. 할아버지는 절대 우리끼리 바다에 가는 걸 허락하지 않으셨다. 어쩌다 우리끼리 몰래 바다에서 멱을 감은 게 들키는 날엔, 불같이 화를 내셨다. 그때 나는 그렇게까지 화를 내는 할아버지를 이해할 수 없었다. 나는 다 컸다고 생각했으니까. 그리고 할아버지가 당신의 형을 바다에서 잃으셨음을 몰랐으니까.

할머니는 타고난 이야기꾼이셨다. 같은 이야기라도 할머니가 들려주면 그렇게 진진할 수가 없었다. 어느 날 할머니는 나에게 혼을 길어 올리는 의식에 대한 얘기를 해주셨다. 바다에서 사람이 죽으면 혼을 건져야 하는데, 그러지 않으면 망자는 하늘로 올라가지 못하고 구천을 떠돈다는 것이다. 그래서 망자의 가족들은 무당을 데리고 바다로 나가 제를 지낸다고 했다. 바다 사람들의 진혼제인 셈이다.

유족들은 미리 준비한 밥그릇에 생쌀을 가득 채우고, 물이 들어가지 않도록 꽁꽁 동여매 깊은 바닷속으로 드리운다. 그리고 영혼을 달래는 의식을 시작하는데, 혼이 달래지지 않으면 아무리 줄을 당겨도 밥그릇이 올라오지 않는다고 할머니는 말씀하셨다. 그러다 망자의 혼령이 가족들의 간절한 청을 듣고 원통한 마음을 거둘 때, 비로소 밥그릇이 올라온다는 거다.

건져낸 밥그릇을 열면 망자의 전언이 남아 있다고 했다. 밥그릇을 타고 배 위로 올라온 혼령이 하얀 쌀 위에 마지막 전언을 남긴다는 것이다. 새의 발자국이 새겨져 있을 때도 있고, 사람의 머리카락이 들어 있거나, 심지어 뱀이 기어간 흔적이 남은 경우도 있다고 했다. 무당이 그 전언을 들여다보면 망자가 어디서 무엇으로 다시 태어날지도 알 수 있고, 그제야 그가 영면할 수 있다는 이야기였다.

사랑하는 이를 바다에서 잃은 가족들은 깊고 추운 곳에 잠든 영혼의 응답을 기다리다, 마침내 건져 올린 목소리가 얼마나 반갑고도 두려울까. 어린 마음에도 나는 할머니의 이야기를 온전히 믿지 않을 수 없었다. 지금 생각해보니 어쩌면 그 얘기는 다른 사람의 이야기가 아닌, 할머니와 할아버지가 몸소 겪은 당신들의 이야기였을지도 모르겠다.


바다에서 길어낸 소리를 컴퓨터로 옮겨 녹음된 파일을 틀자 온갖 소리들이 말을 건넨다. 이건 누구의 소리일까. 물고기일까. 보말일까. 용천수일까. 물속에서는 온 몸으로 소리를 듣는다는데. 낯설지만 낯설지 않은, 들을수록 가깝게 느껴지는 소리에 가만히 귀를 기울이자니 내가 속하지 않은 또 다른 세상이 선명하게 보이는 것만 같다.

소리를 길어 올리려면 내가 들리지 않아야 했다. 꼼짝없이 몸을 낮추고 기다려야 마이크로 전해지는 작은 울림도 놓치지 않을 수 있었다. 나라는 불순물이 타자의 소리에 섞이지 않게, 마이크에 스미지 않도록, 나를 숨기고 멈춰야 했다. 누군가를 듣는다는 건 나의 중심을 무너뜨리고 몸과 마음을 기울이는 과정이었다. 그래야 다른 세계를 들을 수 있었다.

몇 년 전 어느 제약 회사로부터 연락을 받았다. 복합 부위 통증 증후군*이라는, 생소한 이름의 병과 살아가는 환자들을 위해 음악을 만들어달라는 요청이었다. 그들은 환자가 겪는 통증을 음악으로 표현해주기를 청했고, 그렇게 만든 음악이 환자들을 위로할 수 있으면 좋겠다는 바람도 전해 왔다.

•    Complex Regional Pain Syndrome, CRPS.

나는 누군가의 통증을 표현하는 것도, 통증으로 고통받는 이를 위로하는 일에도 자신이 없었다. 내가 겪은 통증이 아닌 한 감히 할 수 있는 일이 아니라고 생각했다. 다만 그들의 이야기를 듣고 싶었고, 그건 내가 할 수 있는 일이었다.

안타깝게도 환자를 만나기가 쉽지 않았다. 코로나 바이러스가 엄청나게 번지던 시기였고 내부 사정도 복잡했다. 이렇다 할 방법이 없던 차, 같은 병을 앓는 어느 작가의 책*을 통해 그나마 얘기를 들을 수 있었다. 한 장 한 장 책장을 넘길 때마다 서걱대는 아픔이 몰려왔다. 그리고 마지막 책장을 덮을 즈음, 나는 소리와 통증을 함께 떠올렸다. 우리의 몸과 마음에 숨어 있는 온갖 통증의 소리를 생각했다.

함께 있지만 아무도 애써 듣지 않는, 세상의 살갗 아래에 숨어 있는 소리들이 있다. 그런 소리로 음악을 만들면 어떨까. 그 음악을 함께 듣고, 들리지 않던 소리에 귀를 기울이면, 타자의 아픔도 조금 더 **들을** 수 있지 않을까.

---

• 이다울 『천장의 무늬』, 웨일북 2020.

눈이 펑펑 내리던 날, 나는 눈이 내리는 소리를 녹음했다. 눈이 우리를 만나는 소리라고 해야 할까. 나의 조그만 트럭은 그 소리를 담기에 완벽한 마이크였다. 넓은 양철 적재함에 피에조 마이크*를 붙이고 두툼한 귤 상자를 덮었다. 마이크 선은 운전석 창틈으로 빼내 녹음기에 꽂았다. 함박눈이 쏟아지고, 나는 운전석에 앉아 숨죽인 채 녹음 버튼을 눌렀다. 굵직한 눈 알갱이들이 난로 속 잉걸처럼 타닥대며 세상을 두드리는 소리가 들려왔다.

바람이 몹시 불던 날, 이상한 나무 소리를 들었다. 이 집으로 이사 온 지도 꽤 됐는데 왜 한 번도 듣지 못했을까 싶을 만큼 강렬한 소리였다. 끼익끼익끼익. 나뭇가지가 어딘가에 쏠리며 흐느끼는 듯한 소리. 나는 내과 의사처럼 여기저기에 마이크를 가져다 대고 소리를 따라갔다. 소리가 난 곳은 벽돌담 위로 드리운 돈나무 가지였다. 적벽돌과 닿아 움푹 파인 흉터와 검게 닳은 수피가 그제야 내 눈에 보였다.

그렇게 만든 음악에는 〈Listen to Pain〉이라는 제목이 붙었다. 숲과 언덕, 바다와 모래 속에 숨겨진 소리들, 몸을 비트는 나무와 눈밭의 소리를 사람들과 나눠 듣고 싶

---

* piezo microphone. 진동을 감지해서 소리 신호로 바꿔주는 마이크.

었다. 쉽게 들을 수 없는 숨은 소리에 잠시라도 함께 귀 기울이고 싶었다.

나는 '귀를 기울이다'라는 말을 좋아한다. 귀를 기울 인다는 건 나를 기울인다는 뜻이다. 인간은 귀를 움직일 수 없도록 진화했지만, 이 말을 들을 때마다 나는 내 귀 가 커다랗게 부풀어 말하는 이를 향하는 만화 같은 장면 을 상상한다.

코스타리카의 사라피키Sarapiquí 우림에서 소리를 탐 구하던 프란시스코 로페스Francisco Lopéz는 완벽하게 어두 워진 숲속, 축축한 바닥에 홀로 누워 소리를 듣던 자신 이, 마치 세상의 창조주가 된 것 같았다고 고백했다. 몸 과 마음을 다해 **듣는** 것만으로도 창조주가 된 듯한 경 험을 할 수 있었다는 뜻이다. 그가 말한 창조주가 곧 신 이라면, 그리고 신을 자연이라 일컬을 수 있다면, 가만 히 듣는 것만으로도 창조물Natura naturata이자 창조주Natura naturans인 대자연과 하나가 될 수 있었다는 뜻이 아닐까.

영어 단어 'listen'은 목적어가 없는 자동사이고 **듣는 다**는 건 내가 주체가 되는 적극적 행위다. 내가 세상을 받아주는 것이 아니라, 세상으로 나를 건네주는 겸손하 고도 능동적인 행위다. 그래서 듣는 건 움직이는 것이며

나를 기울이면

동시에 침묵하는 것이다. 'listen'을 애너그램*으로 재조합하면 'silent'가 되는 건 단지 우연이겠지만 말이다.

세상에는 타자를 유심히 듣는 이들도 있고, 듣지 않는 이들도 있다. 듣지 않는 이들은 결코 자신을 기울이지 않는다. 다른 이들이 자신을 향해 기울이기만을 원하거나, 혹은 강요한다.

그런 자들이 권력을 쥐면 사회는 불행해진다. 불행할 뿐 아니라, 위험하다. 세상에 묻힌 소리를 널리 알리라는 소명을 띤 자들도 본령을 잊은 지 오래되었다. 그들은 작은 소리에 관심을 기울이기보다 도리어 권력자가 맡긴 귀마개로 사람들의 귀를 틀어막는다. 그사이, 누군가는 조용히 사라지고 누군가는 삶을 부정당한다.

누구보다 앞서 돌팔매질을 하다가 또 다른 어딘가에 목표물이 생기면 그들은 거짓말처럼 돌아선다. 함께 돌을 던지던 사람들도 그들을 따라 잊는다. 누구나 언제라도 같은 운명이 될 수 있다는 생각은 하지 못한 채, 녹슨 귀마개를 끼고 아무도 듣지 않는다.

인도 출신 음악가 안수만 비스와스Ansuman Biswas는 '듣

---

* anagram. 단어의 철자를 뒤바꿔 다른 단어로 만드는 말놀이.

는다는 건 세상과 함께 춤을 추는 일'이라고 했다. 다 함께 춤출 수 없는, 말하기 중독에 빠진 세상이 온 건 아닐까. 그런 세상은 너무 끔찍해서 상상조차 하고 싶지 않지만, 분명한 건 듣지 않으면 누구도 행복해질 수 없다는 것이다. 듣지 않는 말은 쌓이고, 말이 쌓이면, 썩는다.

나를 기울이면

# 녹음 수첩

○ 녹음 수첩은 지난 수년간 녹음과 작업 틈틈이 남겨둔 기록이다. 의미를 정확히 기억할
  수 없거나, 일부 문법에서 벗어난 표현이 있더라도 되도록 당시의 글을 그대로 옮겼다.

곡 하나가 거의 다 익은 것 같다.

오늘 밤에 똑, 떨어질까?

폰이 안 되니 수첩을 쓰게 된다.

노래란 불려지는 것이다. 가사가 따로 존재할 수 없다. Never. 문자가 없다고 생각해보자. 여전히 노래는 존재한다. 400~500만 년 인류 역사의 대부분 그랬듯이. 웬만하면 하지 않으려는 것이 있다. 공연 때 프롬프터로 가사를 보면서 노래하는 일이다. 가사는 글이 아니다. 노래다. 불려지는 것이다. 읽히는 것이 아니다. 95% 종족은 문자 없이 말만 존재한다.*

* 이 문장을 어떤 뜻으로 적어두었는지 지금은 알 수가 없다.

지금 세상에 없는 사람의 노래를 뒤늦게 알고 듣게 될 때가 있다. 이를테면 jeff buckley가 그랬고, john lennon이 그랬고, cartola나 jobim도 그렇겠지만. 너무 먼 피안으로 건너간 사람들은 차라리 오래된 책의 한 페이지를 보는 듯하지만, 마치 지금 동시대의 어딘가에 살고 있는 듯한 누군가의, 지금은 부재하는 음성으로 듣는 노래란, 말할 수 없는 감정을 불러일으킨다. 그녀•는 올봄에 세상을 떠났는데, 마지막 편지에 이런 글을 남겼습니다. "사람은 재밌게도 자신이 죽어가는 것을 깨달을 수 있습니다. 그리고 그 깨달음 이후에는 마음이 아주 맑고 편해집니다." 白いキャンバス••

사랑하는 존재를 더 많이 노래해야겠다. 살아 있다는 것이 감사하고, 내가 사랑하는 존재들이 살아 있다는 것이 감사하다.

• 　일본의 듀오 요모토오하나羊毛とおはな의 보컬 치바 하나千葉はな. 2015년 36세를 일기로 세상을 떠났다.
•• 　요모토오하나의 노래 〈하얀 캔버스〉.

Ben Watt의 8비트 Rock이 흐르고, 1년 만에 꺼낸 선풍기 바람이 불어오고, 햇살이 아롱거리고, 부클릿과 식탁 위 작은 들꽃이 같이 들썩이고, 보현이는 더위를 못 이겨 문지방을 베개 삼아 누워 있다.

/

잡지 않으면 놓친다. 다시 올 거라 생각하면 후회한다. 잡아야 한다. 담아야 한다. 적어야 한다. 말을 걸어야 한다. 고백해야 한다.

/

(흘려 적은 두 글자를 알아볼 수 없음.) "내가 이런 것까지 할 수 있어." 하는 일종의 뽐내는 마음이 머리에 가득할수록, 그 결과는 그다지 공감을 못 얻을 확률이 높다는 생각을 했습니다. 그 뽐내고자 하는 것, 재능—순간적인 센스에 의존하는 것이라면 더더욱 그렇겠지만—도 빛을 발하지 못하구요.

밤이 되자 나비처럼, 제비처럼, 콩잎이 접혀 있었다.

'앨범을 고집하는 이유는, 하나의 앨범이 한 편의 드라마라면, 각 곡들의 역할과 이른바 캐릭터들이 필요하기 때문입니다. 그렇게 모여서 드라마가 되는 것이에요. 물론 적은 수의 곡으로도—심지어 한 곡으로도—드라마를 만들 수 있겠지만, 제 재능은 그렇게 대단하지 않습니다. 적어도 열 곡은 돼야 하는 것이죠. 조금 애석하지만 몰라도.'

1년 넘게 붙들고 있던 노래를 완성.

채보하는 건 마치 내가 만든 노래와 계약서를 쓰는 기분이다. 이 음표는 이렇게 합시다. 조는 Ab key로 합시다. 더 깐깐하게 쓰고 있다.

/

한밤 산록도로를 달리다. 끊임없이 풀벌레 소리들이 들려왔다. 그 긴 길을 달리면서도 끊어지지 않는 벌레들의 소리. 별 똥별이 떨어지는 소리가 이럴까? 새끼 노루를 보았다. 동박 새들을 보았다. 작은 점을 찍어놓은 듯한 동박새의 눈을 보았다. 오래전 쓴 곡을 꺼내, 다시 보고 있다. 곡 수가 늘어난 것 같다. 동화의 ost가 자꾸만 떠오른다.

/

요즘 멍한 상태가 계속되고 있는데, 오늘에서야, 그것이 초집중 상태란 걸 알았다. 지금 난 무엇이라도 만들어낼 수 있을 것 같다.

/

숲에서 아왜나무를 만났다. 붉은 불꽃놀이 같던 열매.

/

밤을 새우고 있다. 밤낮이 뒤바뀌어서인지, 생각이 많아져서인지, 잘 모르겠다. 파란 아침, 참 오랜만이야. 뱃불은 아직 그대로다. 비가 오는 데도 나갔었나 봐. 바람이 바다를 만진다. 오늘도 바닷주름이 부드럽다. 그리 거세진 않은가 봐. 첫 비행기 불빛.

"소중한 것을 지킨다는 것."

내가 노래하는 이유.

끝까지, 나다워지기. 내가 해결해보기.

진추하의『중앙 Sunday』글. 열정이 식었음에 대한 솔직한 고백. 그 누구도 열정을 강제할 순 없다. 한때의 열정은, 지금의 내 가슴과 아무 관계가 없다. 돌아보지 말 것.

/

내가 바라보는 곳을, 끝까지 바라볼 것. 그렇게 노래를 만들고 앨범을 내놓을 것. 흐트러지지 말 것.

/

녹음 수첩

"난 아직도 멀었나 봐." 아내에게 말했다. 그리고, 그런 느낌이 싫지가 않았다. 더 가야 할 곳이 있다는 것도 좋고, 그걸 아직도 자기기만 없이 느끼고 있다는 것도 좋다.

/

가끔 내 노래를 다른 사람이 부를 때, 내 목소리에 몰랐던 울림이 있다는 걸 알게 되곤 한다. 나란 사람은 모든 걸 알 수도 없고, 하나 혹은 둘로 규정짓기도 어렵다.

/

앨범이란 집 하나를 잘 짓는 법. 이번 앨범은 마치 정원과 창고와 과수원까지 딸린 집을 짓는 것도 같다.

왜 아름다움은 우리를 구원해주는가.

우리를 어디론가 데려다주기 때문인가.

우리가 어디에 있는지 알게 해주기 때문인가.

마음을 모아주기 때문인가.

마음을 사라지게 하기 때문인가.

녹음 수첩

노래. 노래는 무엇인가. 노래를 부르며 살아온 이 시간 동안, 정작 이 질문을 당당히 마주하지 못했다.

음악은 무엇인가. 그래도 이 질문에 대한 생각과 고민은 조금은 더 했을는지도 모르겠다. 그러나, 노래는 음악이기도 하면서 또한 음악이 아니다. 음악의 일부이면서도 너무도 음악적이지 않다. 이 아이러니를 해결하지도, 생각하지도 못하고 살았다. 음악이나 음악이 아니다. 노래는 그렇다.

노래는 불러야 한다. 우리는 본능적으로 그것을 안다. 가장 손쉽게 self-healing을 하는 법. 노래를 부르는 일이다. 노래를 부르는 건 노래를 듣는 일이기도 하다.

나는 마음만 먹으면, 언제든 나를 위해 노래를 부를 수 있다. 노래는 우리를 치유하고 구원해준다.

음악이 기도라면 노래는 만트라다.

너무 크지고 너무 작지도 않은, 껍질과 알맹이가 딱 달라붙은, 옹골찬 노래.

/

며칠째 집 앞 바다가 희다. 해초가 하얗게 말라 모래사장처럼 변해간다. 어느새, 노래를 세는 일을 멈춰버렸다. 조각조각 난 노래의 스케치들이 너무도 많은데 잘 엉기지를 않는다. 믿고 있는가. 나는 나를.

/

녹음 수첩

"가사의 밀도." 가사의 품. 가사의 스텝. 걸음걸이. 근사한 말 몇 마디 적는 것도 그럭저럭 할 만하고 그럴듯한 멜로디나 진행을 만드는 것도 그럭저럭 할 만한데 그런 말과 멜로디를 한 몸으로 엮어 노래를 겯는 건 상상 이상으로 고통스러운 일이다. 너무도 절망적일 때가 많다.

/

노래는 이슬이다. 텅 빈 공간에서 맺히는.

/

사람이 알고 싶으면 그 사람이 좋아하는 걸 알면 된다. 지나치는 나의 주변 하나하나에 의미를 갖기 시작하는 것. 소리. 나무. 풀. 꽃. → 이토록 많구나. 호기심. → 이토록 모두가 다르고, 모두가 아름답구나. 어느 누구, 어느 하나도 부족하거나 모자라지 않구나.

오직 직관만이 당신을 인도할 수 있다. 인간 본성에 따라 사람들은 따라야 할 규칙이 전혀 없을 때보다 정해진 경계선 안에서 행동해야 할 때 더 자유롭다고 느낀다.

/

무언가 깊이 몰두할 것이 필요하다.
"가장 크게 마음을 흔들어놓는 아름다움은
가장 빨리 사라지는 아름다움이다."

/

녹음 수첩

생은 읽을 수 없는,

건너뛸 수 없는 책 같다.

나이. 어딘가 강해지는 것. 어딘가 약해지는 것. 어딘가 흐려지는 것. 어딘가 또렷해지는, 어딘가.

/

가장 아름다운 것. 가장 슬픈 것. 가장 울리는 것을 대면해야 한다. 노래를 쓰다가 너무도 많이 울었다.

/

비가 온다.

내 음악이 많이 사랑받고 싶다면
나도 그만큼 많은 음악을 사랑해야 한다.

넓게 사랑받고 싶다면, 넓게 사랑하라.
좁게 사랑받고 싶다면 좁게 사랑하고
깊게 사랑받고 싶다면 깊게 사랑하라.

나에게도 아직 노래가 있을까요.

내게도 아직 노래가 남아 있을까요.

나는 너무나 작고 너무나 얕고 오래된 우물.

물 한 방울 남은 게 없어요.

아니다, 아니다. 그렇지 않다.

깊고 깊은 숲속, 어떤 아침을 생각해보렴.

거짓말처럼 맺힌 이슬에 모두가 목을 축이고

이슬은 검은 흙 아래 스며들어 솔잎을 기지개 켜게 한단다.

마르는 샘이란 없단다.

귀를 닫지 말아라.

입을 막고 눈을 감아라.

남겨진 영혼이 목마르다 너를 부르면,

그런 생각이 들면, 눈을 감거라.

네 살갗에 맺힌 땀방울을 모아라.

죽어가는 자들의 목소리에 흐르는 눈물을 모아라. 흘려보아라.

그렇게 차오르는 것이 있단다.

그 속에는 언제나 노래가 있단다.

노래가 나아가질 못하고 있다. 노래가 묻는다. "왜 나를 그렇게 찾고 있니?" 모르겠어. 나도 모르겠어. 내가 왜 이런 삶을 사는지 나도 모르겠어. 하지만 너를 찾아 살아가게끔 그렇게 지워진 삶일까. 네가 없어도, 행복할까 나는. 그러면 좋겠는데. 어릴 적 기타 줄을 끊던 나처럼 어둠 속에서 노래를 들었다. 음악은 어둠과 어울린다. 눈을 감아야, 노래만 보인다.

/

노래를 만드는 건 도시락을 싸는 것과 같다. 노래는 발신인을 알 수 없는 선물 같은 것이다.

/

새벽, 담벼락 아래 새끼 고양이가 잠들어 있다. 담 너머 바닷가 검은 바위 위에 고양이 두 마리가 나를 본다. 한 마리는 눈을 뜨지 못한다. 어딘가 아픈 것 같다. 처음 새끼 고양이를 보았을 때 같이 있던 엄마 그리고 형제 고양이일까. 그런 것도 같고 아닌 것도 같다. 높다면 높고 낮다면 낮은 우리 집 뒷담을 사이에 두고, 한 마리는 쓸쓸히 잠들어 있고 한 마리는 아프고 한 마리는 그 둘 사이에서 주변을 두리번거린다.

택시를 타고 공항으로 가는 길. 노래를 불러본다. 노래를 부른 지 너무 오래되었다는 걸 문득 깨달았다. 노래를 부르는데, 알 수 없는 힘이 생겼다. 그 힘이 어디에서 오는지 노래를 업으로 한 지 수십 년이 되었건만 나는 아직도 알지 못한다. 노래를 만들고 부르는 일을 하면서도 노래를 만드는 것과 부르는 것에 대해 여전히 나는 잘 알지 못한다. 제대로 걷는 법도 모른 채 평생을 걷는 것처럼, 제대로 씹는 법도 모른 채 평생 무언가를 먹으면서 사는 것처럼. 부끄럽게도 나는 노래를 잘 알지 못한다. 굳이 알려고 하지 않는 것일 수도 있다. 혹은 깨닫지 못한 것이다.

많이 아는 것, 많이 배우는 것이 마냥 좋았고 그렇게 살았다. 그러다 보니 지금 내 작업실은 온갖 악기와 장비로 가득 차 있고, 컴퓨터에도 온갖 프로그램 앱과 샘플이 가득하다. 나는 내 바깥으로 몸집을 늘리며 음악을 해왔다. 그런데 정작 내 마음과 내 몸이 만들어내는 이 노래는, 대체 어디서 오는 것인지 어떻게 만들어지는 것인지 또 어떻게 부르게 되는 것인지를 알지 못한다. 그 복잡한 일들을 굳이 알려고 하지도 않았다.

노래는 소나기처럼 내리고 나는 영혼까지 끌어다가 이 빗물을 받아두어야 한다. 비는 언제 그칠지도 모르고 언제까지 오지 않을지도 알 수가 없다.

무심과 관심. 소리의 얼굴. 존재와 부재. 원심과 구심. 슬픔의 프리즘. 소리는 내는 자의 것인가 듣는 자의 것인가. 노래는 부르는 자의 것인가 듣는 자의 것인가.

/

노래 7의 멜로디가 다른 어떤 곡과 비슷하게 느껴진다.
바꿔야 할 것 같다.

/

무표정한 연기를 하는 것과 연기에 아무 표정이 없는 것이 다르듯, 무표정하게 노래를 부르는 것과, 노래에 아무 표정이 없는 것은 전혀 다르다.

반딧불이와 식사. 아이가 반딧불이를 따라 뛰어갔다. 어두운 밤 시감각을 둔화시켰을 때 귀와 입으로 집중되는 감각. 우리 밭의 벌레 소리들은 4년 사이 얼마나 달라졌을까. 밭의 풀섶에 숨죽인 은빛 반딧불이들. 내게로 날아오던 초록빛 반딧불이.

/

노래 13. 어느 정도 완성했는데 송 폼이 조금 불안정하다. 속 아내는 고통은 아예 아무것도 없을 때의 그 고통에 비하면 정말 "행복하기 그지없는" 고민인 것이다.

/

음악에 녹음된 공간감과 듣는 이의 공간의 관계.

어둠을 사랑해야 하는 것.

어둠 속에서 음악을 듣는 것.

녹음 수첩

노래 가사는 "decipher" 하는 것이지, "comprehend" 하는 것이 아니다. 그것이 글과 다른 결정적인 차이다. 문을 여는 데 시간이 걸리지만 한번 열리면 들어가는 일은 아무것도 아니다. = songwriting

/

음악을 들려주는 형식

　　확성 vs 비확성
　　　　확성　—　나 vs 타자
　　　　　　　　타자 — live vs 녹음
　　　　비확성 —　나 vs 타자
　　　　　　　　나 — live
　　　　　　　　타자 — live

모두가 좋으면 좋겠지만 현실적으로 힘들다. 좋은 경우의 수를 늘리는 것이 목표다.

배우는 건 중요하다. 하지만 많이 배우기만 한다면 그건 많이 먹기만 하는 것과 같다. 소화가 되지 못한 채 위 속에 쌓여만 가는 음식물처럼, 내가 배우고 받아들인 것이 아직 내 '음악 위장'에 쌓여 있다. 소화를 제대로 시키려면 걷고, 뛰고, 운동을 해야 하듯, 부지런히 연습을 해야 한다. 그런다고 해도 내 노래의 피와 살과 뼈가 된다는 보장도 없다. 대부분은 그냥 똥이 되어버린다.

내가 그간 알게 된 것을 내 몸에서 지울 수 있을까. 많이 알고, 많이 듣고, 많이 배운다고 해서, 내가 더 좋은 노래를 만들 수 있을까.

/

Jose Gonzales의 새 앨범 전곡이 공개되었다. M/V의 마지막 신이 생각난다. 노래를 많이 듣는 것이 중요한 게 아니라 한 곡을 얼마나 깊이 아껴 듣는가. 노래를 많이 만드는 것이 중요한 게 아니라 얼마나 깊게 새겨서 부를 수 있는가. 내 몸처럼 만들어서 세상에 낼 수 있는가.

녹음 수첩

한 사람이 생각한 것, 느낀 것은, 독특하지만 실은 일반적일 수밖에 없다. 유일무이한 것도 하나하나 따져보면 그 속살은 평범해진다. '평범'이라기보다 공통된 구성 요소로 주어진 것이다,라고 해야 할까. 어떤 팝 음악도 결국은 열두 개의 음의 조합이듯이, 우리의 감정도 그럴지 모른다.

노래를 부르면 마음에 샘솟는 그 무언가는, 그 노래의 가사나 내용, 음률, 설령 지금의 내가 인식하는 스스로의 것과 상당히 다르다고 해도, 실은 우리의 어딘가에 켜켜이 저장되어 있는 마음의 음률과의 교집합이 분명히 있고, 그것을 건드리는 triggering을 해줄 것이다.

/

바람이 거세도 녹음은 안 되고, 목이 잠기거나 코가 막혀도 안 된다. 답답해도 기다리는 것밖에 도리가 없다.

/

새벽 뱃고동 소리에 녹음을 멈추었다.

.

둘

크리스마스카드

성탄절을 이틀 앞둔 아침, 할아버지의 카드가 도착했다. 정신없는 연말을 보내던 나는 카드를 받고서야 비로소 '크리스마스가 왔구나.' 하고 실감했다. 할아버지가 보낸 축복 어린 카드를 받아든 순간, 문득 잊고 있던 노래 하나가 생각났다.

눈발이 몰아치는 거리를 걸으며 한 소절 한 소절 기억을 더듬어 노래를 불러본다. 그랬더니 긴 시간 잠들어 있던 그 노래가 '윤석아.' 하며 기지개를 켠다.

거룩한 천사의 음성
내 귀를 두드리네
부드럽게 속삭이는
앞날의 그 언약을
어두운 밤 지나가고
폭풍우 개이면은
동녘엔 광명의 햇빛
눈부시게 비치네
속삭이는 앞날의 보금자리
즐거움이 눈앞에 어린다

멜로디는 물론 가사까지도 다 기억이 났다. 6살배기

어린 꼬마였던 나에게 할아버지가 가르쳐준 노래다.

나는 서울의 서쪽 동네에서 태어났다. 부산에서 결혼하고 신혼집을 차린 부모님은 서울로 온 지 얼마 되지 않아 나를 낳았다. 우리 가족은 새로 지은 단독주택에 살았는데, 그 풍경이 아직도 생생히 기억난다.

대문을 들어서면 굵은 자갈이 깔린 길머리가 나 있었고, 너른 금잔디 마당으로 길이 이어졌다. 마당과 뒤뜰에는 나무도 많았다. 봄이면 엄마가 좋아하던 백철쭉과 영산홍이 피어났고, 가을에는 감을 따다 곶감을 만들었다. 배나무도 있었고, 모과나무도 한 그루 있었다. 내가 잠시 유년 시절을 보냈던 맞배지붕의 양옥집. 할아버지에 대한 기억도 그 역촌동 집에 어려 있다.

어머니의 외삼촌, 그러니까 나의 삼촌 할아버지는 유난히 나를 예뻐하셨다. 오직 나를 볼 요량으로 매일같이 우리 집에 오셨는데, 나와 권투도 하고 야구도 하던 할아버지는 나의 유일한 '어른 친구'였다.

권투를 할 때면 할아버지는 장내 아나운서를 흉내 내며 나를 소개했고, 나는 두 손을 들고 당당하게 링(!)에 올랐다. 초등학교도 들어가지 않은 나는 플라이급도 라이트급도 아닌 베이비급 선수였고, 맞상대는 물론 할아버지뿐이었다. 나는 이 무기력한 도전자를 매번 KO로 물리쳤지만 경기가 끝나면 바닥에 쓰러진 도전자는 금세 일어나, 승리를 선언하는 심판으로 변신했다. 수십 차례가 넘는 방어전에서 나는 한 번도 진 적이 없었다. 나는 언제나 챔피언이었다.

독실한 기독교인인 할아버지는 나와 누나 그리고 사촌 형제들을 모아두고 당신의 조카 손주들에게 노래를 가르쳐주셨다. 거실에서 메자닌으로 이어진, 반짝반짝 니스 칠을 한 계단에 앉아 나와 형제들은 할아버지를 따라 아기 새처럼 노래했다.

크리스마스가 다가오면 우리는 할아버지와 함께 캐럴을 불렀다.

대싱 스루 더 스노 이너원 호스 오픈 슬레이

성가대에서 활동하던 할아버지는 우리에게 영어로 캐럴을 가르쳐주셨고, 파란 모나미 볼펜으로 꾹꾹 눌러 적은 가사를 보며 서툰 발음으로 노래하던 기억이 아직도 또렷이 남아 있다.

함께 노래를 부를 때, 나는 함께 꽃을 심는 기분이

크리스마스카드

들었다. 드넓은 풀밭을 따라 줄지어 핀 꽃 사이사이로, 나도 나만의 꽃을 한 송이 한 송이 심었다. 그러다 누나들의 노랗고 빨간 꽃이 나의 꽃과 만나는 순간, 말할 수 없이 낯설고 강렬한 기쁨이 찾아왔다. 그 기쁨은 너무도 새로운 것이었다.

징글 벨 징글 벨 징글 올 더 웨이 오 아 판 이추 라
이딩 원 오소픈 슬레이

무슨 말인지, 어떤 뜻인지는 몰라도, 노래를 부르는 것. 나는 그게 그렇게 좋았다.

캐럴도 좋았지만, 내가 가장 좋아했던 노래는 〈희망의 속삭임〉이다. 할아버지를 따라 이 노래를 부를 때마다 늘 가슴 설레던 소절이 있다.

'속─삭이는 앞날의 보금자─리'(솔─라시도 시도 레 도레미─솔↓).

한 음 한 음 계단을 올라가듯 소리 내어 노래를 부르면, 날개를 달고 하늘로 붕 떠오르는 것 같았다. 음악이 무엇인지 노래가 뭔지도 몰랐지만, 이 노래를 부를 때마다 마치 꿈을 꾸는 듯했다. 그리고 나는 믿었다. 세상에

는 보이지 않는 마법이 아직 많이 있을 거라고.

> 거룩한 천사의 음성
> 내 귀를 두드리네
> 부드럽게 속삭이는
> 앞날의 그 언약을
> 어두운 밤 지나가고
> 폭풍우 개이면은
> 동녘엔 광명의 햇빛
> 눈부시게 비치네
> 속삭이는 앞날의 보금자리
> 즐거움이 눈앞에 어린다

할아버지와 함께 노래를 부르던 시간은 길게 이어지지 않았다. 우리 가족은 곧 그 집에서 나와야 했고, 얼마 뒤엔 서울을 떠나 부산으로 돌아갔다. 짧았던 역촌동 시절이 지나고, 나는 한동안 할아버지를 만나지 못했다. 그리고 세월이 흘렀다. 한때 연전연승하던 베이비급 챔피언은 이제 그 시절의 할아버지만큼 나이가 들었다.

할아버지는 내가 노래하는 사람이 되리라 생각하신 적이 있을까. 할아버지는 노래의 씨앗을 심어준 음악 농

111 　　　　　　　　　　　　　　　　　　크리스마스카드

부였다. 나의 어린 마음에 심긴 씨앗은 세월이 흘러 하나둘 꽃을 피웠고, 나는 도나 이보니 라라의 노래처럼 '꿈꾸고 노래하려 태어난'* 듯 살게 되었다.

나는 과수원 학교에 다닌다. 학교에 있는 나무들이 나의 선생님이고, 나는 선생님이 전해주는 열매를 나누는 학생이다. 카드가 도착하기 얼마 전, 우리 부부는 할아버지께 햇귤을 보내드렸다.

'할아버지는 아무것도 해준 것이 없는데 너희가 땀 흘려 키운 귀한 귤을 보내주었구나.'

할아버지의 메시지를 받은 나는 부끄러웠다. 나야말로 나무 선생님에게 아무것도 해준 것이 없었으니까. 하지만 이토록 품이 넓은 선생님들은 해마다 아낌없이 열매를 선사해준다. 생각해보니 할아버지도 나의 선생님이었다. 태어나서 처음으로 만난 음악 선생님, 그분이 바로 나의 할아버지다.

할아버지에게 기쁨을 한 아름 선물해줘 고맙다.

---

• 도나 이보니 라라 〈나는 꿈꾸고 노래하려 태어났네Nasci Pra Sonhar e Cantar〉.

새해에도 너희 둘만의 노래를 부르며
서로의 모자람을 채워주며 행복하기를 기도한다.
사랑한다.

— 할아버지가

크리스마스카드

익숙하고 낯선 바람 사이로*

높지도 낮지도 않은 언덕 위로 하얀 건물들이 늘어서 있다. 붉은 지붕을 인 오래된 성채처럼 물끄러미 도시를 내려다보는 코임브라대학 캠퍼스다. 14세기 초에 대학이 세워진 코임브라는 이베리아반도에서 가장 오래된 대학 도시다. 여기 학생들은 아직도 옛날 교복을 입고 학교에 다닌다.

나는 아주 오래 전 이곳에 온 기억을 더듬으며 캠퍼스 돌길을 걷고 있다. 도서관 옆 상주앙로Rua de São João 사거리에서 구글 맵을 켜놓고 길을 찾다가 한 학생을 마주쳤다. 스크린에서 막 튀어나온 호그와트 마법학교 학생처럼 검은 망토를 걸치고 동그란 금테 안경을 쓴 이 법대생은, 18세기에 지은 화학 실험실을 찾고 있다는 말에 길을 가르쳐주곤 손을 흔들며 멀어졌다.

그가 일러준 길을 따라 실험실을 둘러보고, 주아니나 도서관Biblioteca Joanina에 잠시 들렀다 언덕을 내려갔다. 간밤에 내린 비로 촉촉하게 젖은 라르가로Rua Larga를 따라 걷다 보니 규모가 크진 않지만 건강한 나무들로 가득 찬 한적한 식물원이 있었다. 식물원을 가로질러 울창한 대

---

• 이 글을 한창 쓰던 날, 아스트루드 지우베르투가 세상을 떠났다. 그의 명복을 빌며 이 글을 그에게 바친다.

익숙하고 낯선 바람 사이로

나무 숲길을 지나 강변을 향해 계속 걸었다. 마을이 가까워지자 언덕 등성이에 꾸며놓은 소박한 텃밭과 과일나무들이 드문드문 보였다. 아담하게 잘 자란 레몬나무도 있었다.

'너도 혹시 리스본*이니?'

나는 먼 곳에서 만난 레몬나무에게 인사를 건네며 천천히 걸어갔다.


니은 자로 도시를 감고 흐르는 몬데구강이 보인다. 강을 가로지르는 산타 클라라 다리를 건너, 14세기 포르투갈 왕 페드로 1세와 그의 연인 이네스의 전설이 남아 있는 정원으로 향했다. 700년 전에 세워졌다는 이 눈물의 영지Quinta das Lágrimas에는 거대한 반얀트리와 히말라야 삼나무가 우뚝 서 있었고, 정원에 딸린 18세기 건물에는 온갖 이들의 초상화와 낡은 풍경 사진, 지도, 그리고 많은 시인들의 시화가 걸려 있었다.

어딜 가도 시간이 멈춘 것 같은 이 공간의 벽 한편에서 대항해시대의 시인 루이스 카몽이스Luís de Camões가 이곳을 노래한 시구절을 보았다.

---

* 전 세계적으로 가장 많이 재배하는 레몬 품종 중 하나다.

몬데구의 딸들은 오래도록 울며 / 어둠에 묻힌 죽음을 기억하네 / 영원히 기억해달라 흘린 눈물은 / 맑은 샘물이 되었네 / 그들이 지어준 이름은 한때 여기서 피어난 / 이네스의 사랑으로 아직 남아 / 보라, 목마른 꽃을 축이는 저 투명한 샘물 / 그건 사랑이라는 이름의 눈물

창밖에는 비가 후드득후드득 내리고, 바람이 불자 올리브나무들이 몸을 떨며 빗방울을 털어냈다. 어디선가 들려오는 아이들 소리를 따라 삐걱대는 마루를 밟으며 복도를 걸었다. 어둑한 통로 끝에 이르자 밝고 넓은 방이 나왔다. 단아한 크림색 천장 아래로 베이지색 커튼이 드리워진 창문 맞은편에는 어느 백발 노부부가 와인빛 소파에 앉아 마작을 즐기고 있었다.

그 가운데 단번에 눈에 띄는 것이 있었다. 언뜻 보면 둥글게 모서리를 깎은 가구처럼 보이는 진갈색 피아노였다.

BAUMGARDTEN & HEINS.

누렇게 빛이 바랜 건반 위로 악기 회사 이름이 선명하

게 박혀 있었다. 19세기 중반, 브람스Johannes Brahms가 연주했다는 바로 그 스퀘어 피아노square piano*와 같은 악기다.

이 오래된 악기의 여든다섯 개 건반은 겨울바람에 얼어붙은 몬데구강의 잔물결 같았고 하나뿐인 페달은 밟을 엄두조차 나지 않게 낡아 보였다. 나는 한참을 망설이다 조심스레 건반을 눌렀다. 그런데 상상치도 못한 소리가 났다. 지금의 피아노와는 전혀 다른 낯선 소리, 우나 코르다Una Corda**가 떠오르는 창백한 음색이었다.

다음 날 아침, 나는 아무도 없는 틈을 타서 낮은 음부터 높은 음까지 차례대로 건반을 눌러보았다. 하나같이 예상치 못한 소리가 났다. 음높이를 따지는 것이 무의미할 만큼 흐트러진, 전혀 조율되지 않은 소리였다. 그런데 신비로웠다.

어느 건반을 누르면 노파의 쉰 목소리가 들리고, 또 어느 건반을 누르면 고악기 소리가 났다. 때론 타악기 소리가, 때론 관악기 소리가 나는 것도 같았다. 어느 하

---

* 18세기부터 19세기까지 유행했던 피아노. 넓적한 사각형 모양이라 이런 이름이 붙었다.

** 베를린의 장인 다비드 클라빈스David Klavins가 만든 피아노. 한 음을 내는 데 두세 줄이 쓰이는 현대 피아노와 달리 하나una의 줄corda만 쓰인다.

나 같은 음색이 없었다. 완벽히 무질서해진 온갖 소리가 한 악기에서 흘러나왔다.

건반을 누를 때마다, 한 세기 넘게 잠들어 있던 소리 방울이 속박에서 벗어난 듯 퐁퐁 튀어 올랐다. 나는 복도에 걸려 있던 시 한 편이 떠올랐다.

비밀스러운 네 그림자들을 / 하나씩 세어볼까 // (⋯) // 이 얼마나 고요한지 / 비밀스럽고 / 자유로워 / 오직 하나의 물줄기를 / 따라가보면 / (⋯) / 또 다른 얼굴 /또 다른 / 몸 // 하얀 타월과 / 종이에 싸인 / 고요한 목소리 / 그 하얀 목소리 // (⋯) // 춤을 추네 / 바람을 안고*

시간이 해방시킨 소리 같았다고 말하면, 너무 감상적일까. 하지만 누군가는 '불협은 곧 해방'Emancipation of the Dissonance이라고도 했다. 인간으로부터의 해방. 법칙으로부터의 해방. 분별에서의 해방. 소리는 고이지 않고 흐르는, 시간과 같은 연속체continuum다. 그러니 본디 자유로운 것이다. 나는 시간이 해방시킨 이 무질서한 소리를 한

---

* 안토니우 하무스 호사Antônio Ramos Rosa 〈공기 방울Gotas de Ar〉.

음 한 음 녹음기에 담아왔다.

　한때는 치밀한 인간성으로 다스려졌을 이 오래된 피아노 소리를 다시 꺼내 듣다가, 시간이 흘러 모든 굴레를 벗은 소리는 어쩌면 바람을 닮아가는 게 아닐까 하는 상상을 했다. 몇 백 년의 세월 동안 서쪽 바다에서 불어온 바람이 연주했다는, 뉴 앨비언New Albion의 하프처럼 말이다.

　루이스 카몽이스가 『루지타니아 사람들Os Lusíadas』을 쓴 16세기 무렵, 영국의 프랜시스 드레이크Francis Drake 경이 타고 온 배가 미국 서부에 닿았다. 지금은 샌프란시스코만灣으로 불리는 뉴 앨비언 해안에 닿은 드레이크 경 일행은 웬일인지 하프 하나를 남겨두고 그곳을 떠났는데, 그들이 남긴 하프는 훗날 어느 의사에 의해 발견되었다고 전해진다.

　미국의 음악가 테리 라일리Terry Riley는 그 이야기에 영감을 받아《뉴 앨비언의 하프The Harp of New Albion》라는 앨범을 만든다. 태평양에서 불어온 서쪽 바람이 연주했다는 영겁의 하프 소리를 상상하며, 그는 뵈젠도르퍼 피아노를 벗 삼아 10개 트랙을 녹음했다. 대부분이 즉흥연주였고 녹음은 단 이틀 만에 끝났다. 편집도 거의 없었다.

첫 곡 〈뉴 앨비언 합창곡The New Albion Chorale〉이 흘러나오는 순간, 기분이 묘하다. 어딘지 모르게 불편하기도 하고, 귀가 이상해진 건 아닌가 싶기도 하다. 절대음감을 가졌다면 훨씬 더 혼란스러울지 모른다. 평균율로 조율된 피아노 연주가 아니기 때문이다.

특이하다면 특이하지만, 실은 그는 매우 고전적인 방식으로 피아노를 조율했다.* 그가 사용한 조율법은 '5 이하 소수 조율법'5-limit tuning**인데, 이렇게 하면 한 옥타브에 있는 열두 음의 사이가 모두 다르고, 게다가 조옮김을 하면 조성에 따라 소리의 어울림마저 미묘하게 달라진다. 좋게 말하면 역동적이지만 다르게 말하면 무질서하다.

그래서 같은 화음을 연주하더라도 소리의 표정이 때론 일그러지고, 때론 안온해진다. 온화한 듯하다가도 특

---

* 물론 올림도C#를 기준으로 조율한 건 몹시 특이하다.
** 'just intonation' 혹은 'pure intonation'은 흔히 '순정률'로 번역하지만, 마치 하나의 조율법처럼 인식될 수 있다는 점 때문에 조심해야 한다. '5-limit tuning'이란 한 옥타브의 12음을 정수 비율로 조율하는 여러 조율법 중, 5 이하의 소수素數비 2, 3, 5만으로 음 간격을 조율하는 방식이다. 대응하는 한국어 단어를 찾지 못해 편의상 '5 이하 소수 조율법'이라고 옮겼다.

익숙하고 낯선 바람 사이로

정 음을 누를 때마다 불쑥불쑥 불편해지거나, 즉흥연주를 하면 더욱 복잡하고 알 수 없는 표정이 끊임없이 드러나기도 한다.

수록 곡 대부분은 그래도 5도화음만큼은 깔끔한 정수비로 떨어지지만 두 곡은 그마저도 벗어난다. 〈솟구치는 고래의 꿈Ascending Whale Dreams〉과 〈늑대 무리Circle of Wolves〉, 이 두 곡에서 그가 설계한 기이함은 극에 달한다.

벌써 제목만 봐도 불편하다. 긴 시간 동안 서양 음악가들이 피해 다닌 '늑대 5도'wolf fifth*와, 심지어 5도권circle of fifths**까지 연상시키니까 말이다. 올림시B#***를 기준으로 연주한 이 두 곡은 그나마 믿음직했던 완전 5도의 평온한 표정마저 여지없이 일그러뜨린다.


그는 사람들이 '어울리지 않는다'고 규정한 소리의 영토를 담대하게 탐험했다. '어울리지 않는다'는 건 '낯설다'는 것이고, '낯설다'는 건 '익숙하지 않다'는 의미

---

* 감6도가 장5도와 어긋나며 발생하는 불협화음. 몇몇 조율법의 가장 큰 문제였다.
** 12개의 음을 5도 간격으로 배치한 원형 도표. 음의 관계를 이해하는 데 직관적인 도움을 준다.
*** 도C와 이명동음enharmonic note이다.

다. 한때 서양음악에서는 오직 5도와 한 옥타브의 화성만 허락했던 흑역사도 있다. 단3도minor 3rd조차 곡의 마무리에 사용하지 못하고, 무조건 장3도major 3rd로 곡을 마무리하라는 '법칙'이 있었던 게 불과 몇 백 년 전이다. 지금은 그저 웃음만 나오지만, 진지했던 선배 음악가들은 온갖 성스러운 이유를 갖다 붙이며 그런 법칙을 정했었다.

인간이 금을 그어 규정한 12개의 소리 계단을 생각해본다. 그러나, 무지개에는 7가지 색깔만 있을까? 흐르는 물을 나눌 수 있을까? 무한한 연속체를 '나눈다'는 건 인간이 발명한 도구일 뿐, 보편 법칙은 될 수 없다. 우리는 한 옥타브를 24개 음으로 나눌 수도 있고, 53개의 음으로 나눌 수도 있으며 1000개 음으로 나눌 수도 있는 것이다.*

라장조D major로 연주한 세 번째 트랙 〈서쪽 바람을 타고Riding the Westerleys〉를 들으면, 길고 긴 시간 동안 절벽에 버려진 뉴 앨비언의 하프를 쓰다듬던 바람이 떠오른다. 미분음microtones은 '사이'의 영토에 존재하는 무한한

---

* 스칼라scala 파일에 담겨 있는 조율법만 해도 5000개가 넘는데, 평균율은 그중 단 하나일 뿐이다.

익숙하고 낯선 바람 사이로

가능성의 땅이다. 테리는 평균율이 외면한 그 아름다운 땅으로 성큼 들어가, 이리 한번 와보라며 우리에게 손짓한다.

낯선 언어로 말하는 옛 친구를 보는 기분이 이럴까. 피아노라 불리는 우리의 오랜 친구는 테리의 손을 거쳐 알 듯 말 듯한, 서로 다른 6개 조성으로 읊조리고, 다중언어화자polyglot처럼 여러 말을 구사하며 온갖 억양으로 노래한다. 피아노의 비밀스러운 목소리에 가만히 귀를 기울이자니, 처음엔 알아듣기 어렵던 음과 음의 틈새에서 수많은 이야기가 들려오고, 목소리는 차츰 더 또렷해진다. 익숙한 질서를 비틀어 짜낸, 낯설고도 아름다운 목소리다.

*

중학생 시절, 나는 부산의 어느 신흥 아파트 단지에 살았다. 벚나무가 줄지어 선 도로를 조금만 벗어나면 바다가 있었고, 나는 틈만 나면 바닷바람을 쐬러 방파제로 향했다. 우리 가족은 중앙 집중식으로 난방을 공급하던 복도식 아파트에 살았는데, 겨울이 오면 1층인 우리 집은 따로 난로를 켜야 할 만큼 몹시 추웠다.

한겨울 아침, 차갑게 식은 마루로 나지막한 햇살이 스며들 때, 등유를 부어 넣고 난롯불을 지피면 집 안 가득 번지던 기름 냄새가 나는 참 좋았다. 옅은 팥죽색 카펫이 깔려 있던 마루에는 그 당시 어느 집에나 있던 등나무 소파가 놓여 있었고, 나는 둥그런 소파에 앉아 난로가 데워지기를 기다리며 음악을 들었다. 시리고도 고요한 그 시간이, 나는 싫지 않았다.

고등학생인 누나는 방에서 잘 나오지 않았다. 그러니 마루에 있던 오디오는 언제나 내 차지였다. 사고 싶은 음반도 많고 듣고 싶은 음악도 넘쳐 났지만, 중학생이던 나는 몇 달에 겨우 한 장 정도 음반을 살 수 있었다. 그러다 보니 정말 신중을 기해 골라야 했다. 음악 잡지를 보고 또 보고, 그러다 맘에 '들 것 같은' 음반을 찾으면, 이름을 기억해두었다 한 장 한 장 사 모았다.

이 음반을 나는 어떻게 만났을까. '금세기 최고의 명반! 세상에서 가장 많이 팔린 재즈 앨범!' 그런 류의 소개 글을 보고 사지 않았을까. 분명히 기억하는 건, 이 음반을 사러 동네 레코드점을 전부 뒤졌다는 것. 그럼에도 한참 동안 구하지 못하다 어딘가 딱 한 곳에서 어렵사리 찾아냈다는 것이다. 바로 《Getz/Gilberto》다.

푸에르토리코 출신 화가 올가 알비주Olga Albizu의 주황색 그림이 새겨진 이 음반을 찾아낸 날, 더 놀자는 친구의 손길을 뿌리치고 나는 집으로 달려갔다. 오디오를 켜고 떨리는 마음으로 검은색 LP판에 바늘을 올렸다. 잠시 지직거리는 시간이 지나고 음악이 흘러나왔다. 그런데, 이상했다. 잡지 광고에서 본 것처럼 '이게 정말 대단한 음반이라고?' 나는 어리둥절했다.

첫 곡부터 그랬다. 특히 목소리가 이상했다. 웅얼거리는 것 같기도 하고 주문을 외는 것 같기도 한 허밍으로 노래가 시작되더니, 단조인지 장조인지 알 수 없는 이상한 분위기로 기타가 둥둥 울리고, 한 번도 들어본 적 없는 낯선 언어가 흘러나왔다.

'대체 어느 나라 말이지? 지구 반대편 말일까?'

그때 누나가 방문을 열고 나왔다.

"너는 이런 노래가 좋니?"

깍쟁이 같은 누나의 말에 무슨 답을 해야 할지 나는 알 수 없었다.

그런데 시간이 흐를수록, 나도 모르게 이 음반을 자주 턴테이블에 올리고 있었다. 들으면 들을수록 무언가가 마음에 남았다. 흔적이 남았다고 해야 할까. '그려졌다'라고 표현하는 게 더 정확할까. 누군가 마음속 문을 빼꼼히 열고 들어와, 휘리릭 낙서를 해놓고 사라진 그런 기분이었다.

　"이런 노래가 좋아? 정말?"

　그때쯤 나는 얼버무리며 아마 이렇게 말했지 싶다.

　"이상한데…… 이상하게, 좋아."


　스탄 게츠Stan Getz와 주앙 지우베르투João Gilberto, 그리고 톰 조빔Tom Jobim*이 만든 이 앨범은 그렇게 내 영혼에 무늬를 새겼다. 나는 학교를 마치고 돌아오면 가방을 던져놓고 홀린 듯 그 음악을 틀었다.

　들으면 들을수록 마음에 남은 무늬는 점점 더 또렷해졌다. 그리고 어느 순간, 낯설기만 하던 소리가 조금도 낯설게 들리지 않았다. 초행길은 언제나 멀어도 되풀이해 다니다 보면 가깝게 느껴지듯이 듣는 횟수가 늘어날수록 러닝타임도 짧게만 느껴졌다.

　누군가 '좋은 음악은 어떤 음악인가요?'라고 묻는다면, 나는 이렇게 답할 것이다. '시작하자마자 이미 그리워지는 음악 아닐까요.'

　내 마음속 산책길이 짧아져가던 어느 날, 조금씩 마음에 새겨지던 무늬가 마침내 뜨겁고 화려한 풍경화가

---

•　안토니우 카를루스 조빔Antônio Carlos Jobim의 애칭.


　　　　　　　　　　　　　익숙하고 낯선 바람 사이로

되었음을 알게 되었다. 그즈음 나는 내가 평생 음악을 하며 살게 되리라는 직감을 했다.

주앙의 기타에는 삼바의 정수가 오롯이 담겨 있다. 첫 박과 세 번째 박에서 그는 엄지손가락으로 수르두surdo를 재현하고, 나머지 세 손가락으로 판데이루pandeiro와 탕보링tamborim 소리를 낸다.* 오른 손가락 넷만으로 리듬과 반주를 동시에 연주해내는 것, 그게 바로 보사노바Bossa-nova다.

탄탄한 그의 기타 위에 바다 같은 멜로디가 얹힌다. 주앙의 고향 바이아Bahia**의 바다를 닮은 걸까. 조빔이 태어난 리우의 파도를 닮았을까. 낮고 그윽한 주앙의 목소리는 마치 서퍼처럼 노래의 물결 위에 올라타 그루브의 고삐를 쥔다. 목소리와 기타가 밀고 당기며 만들어내는 리듬의 물살은 팔색조처럼 변화무쌍한 코드의 해류를 타고 또 어디론가 우리를 데리고 간다.

싱어송라이터 카에타누 벨로주Caetano Veloso는 누구에게서 가장 큰 영향을 받았는지 묻는 질문에 서슴없이

---

* 수르두와 판데이루, 탕보링은 모두 브라질 타악기다.
** 브라질 북동부에서 가장 큰 주. 삼바의 고향이다.

'주앙 지우베르투'라고 답했다. 브라질에서 가장 사랑받는 음악가, 여든이 넘은 나이에도 음악적 실험을 멈추지 않는 카에타누지만, 처음 주앙의 음악을 들었을 때 '너무 이상해서 충격을 받았다.'라는 말을 한 적도 있다.

지금에야 많은 이들이 편안하게 보사노바를 듣는다지만, 70여 년 전 처음 보사노바를 들었던 사람들도 그랬을까. 보사노바의 지문指紋과도 같은 6/9코드*며 온갖 텐션 음tension note으로 가득 찬 주앙의 노래를 처음 들었을 때, 다들 어떤 기분이었을까. 단조 같으면서 장조 같고, 웃는 듯 울고, 긴장tension을 해소resolution하는 듯하다가도 여전히 해소되지 않는 미묘한 색채감을 어떻게 받아들였을까.

모든 긴장을 시원하게 해소하는 클라이맥스를 거쳐 마무리로 향하는 것. 그게 음악적 미덕이라 생각하는 청자라면, 애매하게 뒤끝이 남는 이 낯선 화성과 진행이 마냥 이상하고 거북했을지 모른다. 오죽하면 '음이 안 맞네'라는 제목의 〈Desafinado〉라는 노래가 나왔겠는가.

사랑하는 당신마저 / 만약 내 노래가 음이 안 맞는

---

* 　도(1)-미(3)-솔(5)-라(6)-레(9)↑로 이어지는 코드.

다고 말한다면 / 이 말이 내게 얼마나 상처가 되는지 당신은 알까요 / (…) / 계속 내 연주가 음악 같지도 않다고 / 그렇게 분별하고 우기면 / 거짓말이라 해도 나도 그땐 / 목소리 높일 수밖에 없어요 / 이건 보사노바라고 / 너무도 자연스러운 / (…) / 내가 사랑하는 노래를 두고 그렇게 말하지 말아요 / 내 노래는 당신이 만날 수 있는 그 무엇보다 멋지니까, 알겠어요?[*]

주앙의 작곡 파트너 톰 조빔도 자신의 음악을 받아주지 않던 세상 사람들에게 뭐라도 한마디 던지고 싶지 않았을까. 그들의 음악은 너무 달랐고, 그만큼 새로웠다.

어린 시절, 내 마음에 그려진 무늬의 정체를 알기까지 시간이 걸렸듯, 보사노바를 처음 들은 사람들도 그랬을 법하다. 너무나 낯선 풍경이었을 테니. 하지만 한번 그 풍경을 마음에 새긴 사람들은 그 아름다움에 점점 반해버렸다. 아름다움은 존재하지 않았던 게 아니라, 다만 보이지 않았을 뿐이다.

---

[*]  뉴톤 멘동사Newton Mendonça, 톰 조빔 〈Desafinado〉.

오랜만에 〈이파네마의 소녀Garota de Ipanema〉를 듣는다. 첫 코드는 Db 그리고 (당연히) 6/9**이다. 집게손가락으로 파F와 내림시Bb를 짚고, 약지를 뻗어 내림미Eb를 그 위에 얹는다. 똑같이 팔을 벌린 이 세 음은 사이좋은 완전 4도를 이루고, **하나** 둘 **셋** 넷 **하나** 둘 **셋** 넷 **하나** 둘 **셋** 넷. 주앙의 엄지가 울리는 내림레Db의 가지런한 근음root은 노래의 단단한 땅이 된다.

수르두가 삼바의 심장이라면, 보사노바의 심장은 엄지손가락이다. 며칠 동안 방에 틀어박혀 엄지손가락 핑거링만 연습했다는 그의 뒷얘기가 떠오른다. 오죽했으면 먹지도 쉬지도 않고 연습만 하던 주앙의 기타 소리에 미쳐버린 고양이가 발코니에서 뛰어내렸다는 얘기가 전해질까.

왼쪽 멀리서 빛바랜 피아노 소리가 들리고, 오른쪽 귀로는 미우톤 바나나Milton Banana의 사각거리는 하이햇hi-hat이 들린다. 주앙이 부르는 무덤덤한 1절이 끝나면, 아스트루드 지우베르투Astrud Gilberto의 목소리가 들려온다.

---

** 놀랍게도 C6/9코드가 악몽 장애nightmare disorder, ND를 완화해 준다는 연구 결과도 있다. S. Schwartz et al., *Curr. Biol.*, 32 (2022) 4808.

아, 샘물 같은 목소리. 그의 목소리가 나를 번쩍 들어 올려 어릴 적 살던 그 바닷가, 그 아파트 단지로 순식간에 데리고 간다.

아직도 가끔 꿈에 보이는 하얀색 아파트, 삼익 비치 212동 복도를 지나 현관문을 연다. 문을 열자마자 익숙한 우리 집 냄새가 난다. 팥죽색 카펫과 등나무 가구가 보이고, 대우전자 마크가 찍힌 크림색 팬히터 소리가 들린다.

매일 도시락을 네 개씩 싸야 했던 젊은 엄마의 뒷모습, 덜 탄 등유 냄새로 가득한 마루가 보인다. 그리고 어떤 아이가 있다. 아이는 벽돌로 쌓은 TV장 위에 놓인 턴테이블 뚜껑을 열고 있다. 그리고 눈에 익은 주황색 그림이 박힌 재킷을 벌려 검은 LP판을 꺼낸다.

더 이상 낯설지 않은, 하염없이 볼을 맞대고 싶은 아름다운 음악이 들려온다. 아스트루드의 목소리를 감싸안은 주앙의 기타와 조빔의 피아노가 연주하는 달콤 쌉싸름한 코드 사이로, 빼꼼히 방문을 여는 소리가 들린다.

어느새 아이의 누나가 거실로 나와 새침한 목소리로 말을 건넨다. '이런 노래가 좋아? 정말?' 늘 그렇게 묻던 누나가 웬일인지 오늘은 이런 말을 툭 던지고는 방으로 다시 들어가는 것이다. 그래, 기억난다. 분명히 그랬던

적이 있었다.

"나도 이 노래······ 이제 좋아졌어."

익숙하고 낯선 바람 사이로

숨소리

《12》는 그의 마지막 음악 일기다. 수록된 곡의 제목은 모두 녹음 날짜로 추정되는 여덟 자리 숫자이고, 12곡이 모인 앨범이라 '12'라는 타이틀을 붙인 듯하다.

2년에 걸쳐 그가 남긴 소리 일기장을 펼쳐본다. 조금은 과장스러운 울림도 들리고 이래도 되나 싶게 단출한 소리도 들려온다. 어떤 곡에는 유난히 거친 그의 숨소리가 고스란히 스며들어 있다. 몸속 아주 깊숙한 곳을 문지르는 마른 숨소리. 인간의 몸은 하나의 관악기라지만, 마치 찰현악기가 된 듯한 그의 몸이 내뱉는 소리는 메트로놈처럼 공간을 지휘하다 홀연 보이지 않는 서스테인 페달처럼 음과 음을 이어준다. 그러다 어느 순간, 공기와 한 몸이 된 듯 유유히 사라진다.


사카모토 류이치坂本龍一. 그는 이 앨범을 발표하고 얼마 지나지 않아 세상을 떠났다. 부음이 전해지자 많은 이들이 각자의 추억이 어린 글을 SNS에 올리며 그를 추모했다. 누군가 곁을 떠날 때, 우리는 새로운 시선을 회복하거나 잊고 있던 관계를 돌아볼 기회를 얻는다. 떠난 이가 남은 이들에게 건네는 마지막 선물이다.

그가 떠난 날, 나도 오랜만에 그의 음악을 들었다. 음악을 들으며 그는 나에게 어떤 의미였는지 되새겨 보왔다. 하지만 좀처럼 떠오르는 것이 없다. 돌이켜 보면 그의 솔로 음반조차 사본 적이 없고, 공연장에서 깊이 감동받은 기억도 나지 않는다. 그저 나는 그의 음악적 자장磁場에서 멀리 떨어진 곳에 살고 있었나 보다.

그러다 문득 다른 질문을 던져보았다. 지금의 '나'라는 음악인을 가장 극적으로 흔들었던 사건은 뭘까. 내 음악을 가장 크게 바꿔놓은 건 어떤 음반이었을까. 아. 그제야 나는 묻혀 있던 기억 하나를 마주할 수 있었다. 지금으로부터 21년 전, 어느 가을이었다.


은행잎이 곱게 물들고 햇살이 유난히 반짝이던 날, 나는 안국동 거리를 걷고 있었다. 아마도 원서동에 사는 친구를 만나러 가는 길이 아니었나 싶다. 3호선 전철을 타고 안국역에 내려 지하상가를 지나다 우연히 작은 레코드점을 마주쳤다. 이미 많은 사람들이 음반을 외면하고 mp3 파일로 음악을 들을 때였지만, 그럼에도 서울 곳곳에는 여전히 레코드점이 있었다.

파리한 형광등이 켜진 진열장에는 새로 나온 음반들이 놓여 있었고, 벽에는 군데군데 홍보 포스터가 붙어 있었다. 주인이 추천하는 음반에 손수 메시지를 적어 붙여둔 것도 여느 레코드점과 다르지 않았다. 그런데, 파사

드에 진열된 앨범 중에 유독 눈에 띄는 재킷이 있었다. 사진인 듯도 그림인 듯도 싶은 분홍빛 하늘과 검푸른 바다, 당나귀 귀처럼 볼록 솟은 산이 담긴 이국적인 파스텔 톤 풍경 위에 산세리프 글꼴로 적힌 앨범 타이틀 두 줄이 눈에 들어왔다.

MORELENBAUM[2]/SAKAMOTO:

CASA

아무 망설임 없이 레코드점 문을 열고 들어가 그 CD를 집어 들었다. 나는 앨범 《Casa》를 그렇게 만났고 얼마 후 유학을 떠났다.

내가 살게 된 스톡홀름의 겨울은 아름답고도 쓸쓸했다. 북구의 밤은 상상보다 훨씬 길었다. 오후 3시면 이미 도시는 어둑해졌고 오렌지빛 가로등이 하나둘 불을 밝혔다. 거리를 달리는 자동차 전조등은 스물네 시간 내내 켜져 있었다. 낯설도록 이른 밤이 찾아오면 나는 파카 주머니에 손을 찔러 넣고 무작정 거리로 나갔다. 아는 사람이라고는 한 명도 없는 낯선 도시에서 딱히 할 일이 있을 리가 없었다. 그저 주머니에 든 MD 플레이어를 묵

주처럼 쥐고 음악을 들으며 걷고 또 걸었다.

나는 하루도 빠짐없이 《Casa》를 들었다. 이 앨범은 첼리스트 자키스 모렐렌바움Jacques Morelenbaum과 그의 아내 파울라 모렐렌바움Paula Morelenbaum이 브라질 음악가 톰 조빔에게 바치는 헌정 음반이다. 그들은 톰 조빔의 아들 파울루 조빔Paulo Jobim과 함께 리우에 있는 생가에서 이 앨범을 녹음했는데, 이때 톰 조빔이 쓰던 피아노를 연주한 사람이 바로 사카모토였다.

한 시간이 조금 넘는 이 앨범은 아무리 들어도 지겹지 않았다. 모든 소리가 그지없이 아름다웠다. 고국을 떠나 수천 킬로미터나 떨어진 도시에 살게 된 내 운명도 믿기지 않았지만, 미지의 나라에서 찾아온 선율과 언어로 위로받는 것이 너무도 경이로웠다. 그 길고 추웠던 겨울 내내 사카모토의 피아노는 북유럽의 냉기에 주눅든 내 손을 언제나 따뜻하게 잡아주었다. 정말, 따뜻했다.

《Casa》는 첫 곡 〈아무도 없는 바닷가As Praias Desertas〉로 시작한다. 만일 누가 세상에서 가장 아름다운 노래를 물어본다면 나는 주저없이 이 곡을 꼽을 것이다. 물론 이 앨범에 담긴, 이 버전이어야 한다. 조빔의 수많은 명곡 중에서 이상하리만큼 알려지지 않은 이 곡은, 어쩌면 이

앨범에 담긴 사카모토의 피아노를 통해 세상에 알려졌
을지도 모른다.

MD 플레이어의 재생 버튼을 누르고, 노래가 시작되
기 전 흐르던 그 짧은 침묵. 온 세상이 멈춘 듯한 그 정적
이 나는 너무 좋았다. 그러다 사카모토의 영롱한 아르페
지오가 울리면 세상은 돌연 다른 빛으로 바뀌어버린다.

그는 어느 인터뷰에서 '조빔과 인상주의 작곡가들의
숨결을 잇고 싶었다'고 밝혔다. 과연 드뷔시Claude Debussy
의 〈Voiles〉를 연상케 하는 온음 음계whole tone scale를 사카
모토의 손가락이 훑고 지나가면, 16개의 16분음표가 중
력을 거스른 듯 하늘로 솟아오른다. 자키스의 첼로가 찰
나의 틈을 잇고, 어느새 산새 같은 목소리로 파울라가
노래한다. '아무도 없는 바닷가는 우리 두 사람을 하염없
이 기다리고 있다'고.

가만히 노래를 듣다 보면 어느 구절에선가 새소리가
들려온다. 우연히 녹음된 이 새소리를 두고 사카모토는
'조빔의 영혼이 찾아온 것 같았다'고 말했다. 정말 조빔
이 한 마리 사비아sabía*가 되어 사카모토를 찾아온 건 아
니었을까? 이 앨범에서 사카모토는, 조빔보다 더 조빔처

---

• 　브라질에 사는 지빠귀.《Casa》에 수록된 조빔의 곡 제목이기도 하다.

럼 피아노를 연주했으니까.

자신이 사랑하고 흠모하던 조빔의 손때 묻은 건반을 짚으며 새가 되어 찾아온 그의 영혼을 마주한 중년의 사카모토를 추억하다가, 언제가 마지막이 될지 모를 일상 속에서 자신의 피아노 앞에 우두커니 앉은 말년의 사카모토를 그려본다.

나는 궁금해졌다. 그는 왜 마지막까지 피아노 앞에 앉았을까. 삶과 죽음의 경계에 선 몸을 끝까지 음악으로 몰아넣은 이유는 무엇이었을까.

세상에는 '음악이란 강을 건너는 배'라고만 여기는 음악인도 많다. 하지만 또 어떤 음악인에게는, 음악이란 강을 건너기 위한 배가 아닌 강 그 자체다. 일생을 통해 온몸을 던져 건너야 하는 강. 혹은 건너지 않을 수 없는 운명의 강. 사카모토에게도 음악이 그런 것이었다면, 살아 있는 순간 그는 결코 음악의 강물을 떠날 수도 피할 수도 없었을 것이다.

《12》의 여덟 번째 트랙에는 'sarabande'라는 부제가 붙어 있다. 그가 발표한 싱글 〈Leta〉 때문일까. 나도 모르게 에릭 사티Erik Satie가 떠오른다. 그는 그가 사랑한 수많은 음악인들—사티와 라벨Maurice Ravel과 조빔의 숨소리를 들으며 긴 음악의 강을 건넜을 것이다. 마치 조빔의 강물이 빌라 로보스Heitor Villa-Lobos와 드뷔시와 피싱기냐 Pixinguinha의 숨결을 간직한 채 고고히 흘러가는 것처럼.

사카모토가 전해준 이 아름다운 앨범《Casa》는, 나를 수많은 음악가의 숨결로 인도해준 작고도 위대한 문이었다. 문을 열자 믿을 수 없이 장대한 풍경이 펼쳐졌고, 나는 그곳에서 카르톨라Cartola를 만나고 시쿠 부아르키 Chico Buarque를 만나고 망게이라*의 위대한 음악가들을 만날 수 있었다.

세상 모든 음악에는 수많은 음악가들의 숨소리가 깃들어 있다. 드넓고 아름다운 음악의 강물을 비추는 달빛 같은 숨소리를 들이켜며 나도 지금껏 강을 건너왔다. 그런데 바보처럼 잊곤 한다. 나의 음악이 나만의 것인 양, 오로지 나로부터 비롯한 듯 착각할 때가 있다. 어리석은 일이다.

세 번째 트랙 〈20211201〉를 다시 듣는다. 처음엔 그저 안쓰럽게만 들리던 그의 숨소리가, 이제는 왠지 편안하게 들린다. 들을수록 또렷해지는 그 소리를 따라 숨을 들이쉬었다 내쉬어본다. 나의 숨이 그의 숨에 포개지는

---

* G.R.E.S Estação Primeira de Mangueira. 리우의 삼바 스쿨 중 하나.

순간, 저만치 앞서 음악의 강을 건너간 많은 선인들의 모습이 선명하게 그려졌다. 그의 숨소리가 더 멀리 흩어지기 전에 눈을 감고, 뒤늦은 감사 기도를 올려본다.

감사합니다.
손을 잡아주셔서,
강을 건너주셔서,
문을 열어주셔서,
감사합니다, 사카모토.

세상에서 가장 짧은 악보

라 몬테 영La Monte Young의 ⟨Composition 1960 #7⟩은 단 한 마디로 이뤄진 곡이다. 마디에 적힌 음가는 단 둘—시B 그리고 완전5도 위 올림파F#뿐인데, 음표 뒤로 이음표가 그려져 있지만 정작 아무 음에도 닿아 있지 않다. 마냥 열려 있는 이음표라고 해야 할까.

설마 한 마디만 연주하고 곡을 끝내라는 애기는 아닐 터. 하지만 악보에는 도돌이표가 없다. 템포도 모른다. 조표도 없다. 조표가 없으니 다장조C major나 가단조A minor로 봐야 할까? 그런데 과연 조성이 의미가 있기는 한 걸까?

악보에는 음표보다 글이 더 많이 '그려져' 있다. 오선 위에는 곡 제목이, 아래에는 작곡가의 사인과 곡을 만든 때로 추정되는 날짜가 적혀 있다. 그리고 그 위에 보이는 가장 중요한 문장 한 줄.

길게 소리를 내시오. to be held for a long time.

표현 기호expressive mark 같기도 하고, 심지어 가사 같기도 하다. 얼마나 '길게' 연주해야 그가 원한 '긴' 연주가 되는 걸까? 알 수가 없다. 따지지 말고 연주자나 악기 사정에 따라, 각자의 속도와 리듬에 맞춰 알아서 연주하라는 걸까? 무책임할 만큼 활짝 열려 있는 이 악보는 들여다볼수록 많은 게 보인다.

음악을 유영游泳하는 연주자도 한껏 자유롭다. 가온 다C4보다 반음 낮은 시B3부터 올림파F#4에 해당하는 소리를 낼 수만 있다면, 어떤 악기도 이 향연에 기꺼이 초대받는다. 하나의 악기로 독주를 하든 수백 개 악기로 합주를 하든, 상관없다. 긴 잔향을 낼 수 없는 탄현악기나 타악기, 사람의 목소리도 안 될 것 없다. '길게' 소리를 내기로 약속만 한다면 라 몬테 영은 '얼마나 길게?'라고 따져 묻지 않는다.

60년대에 녹음된 〈Composition 1960 #7〉을 듣다 보면, 우리는 또 다른 연주자를 만날 수 있다. 바로 그 시절의 테이프 레코더다. 악보에 적힌 음을 테이프에 녹음하고 재생하는 순간, 지금 기준으로는 결함투성이인 모터 탓, 아니 그 덕분으로 '소리가 운다'. 음과 음 사이를 미묘하게 오르내리며 울렁이는 소리는 마치 비브라토 걸린 악기가 구슬픈 노래를 부르는 듯 들린다. 시대와 기술의 한계가 무표정한 기계를 둘도 없는 연주자로 탈바꿈시킨 것이다.

작곡가가 원했든 원하지 않았든, 불완전한 기술 덕택에 음악은 생기 가득한 무브먼트를 얻게 되었다. 테이프가 늘어지고 당겨지며 와우 앤 플러터wow & flutter가 선사해준 이 살아 있는 소리! 짧은 악보 한 줄이 이토록 풍성한 음악이 되다니. 이상하고도 놀랍고, 재미있다. 아, 겹세로줄로 그은 마침줄이 악보에 없다는 걸 이제야 눈치챘다. 김밥 꽁다리처럼 삐쭉하게 남은 오선 꼬리를 보니 작곡가가 이렇게 말을 건네는 것만 같다. 다만 흐르는 물처럼 연주하면 된다고. 그리고 그 물결에 몸을 맡기고 음악을 들으면, 그러면 충분하다고.

너머

오늘따라 공항 대합실에 학생들이 많이 보인다. 육지에서 온 아이들이 교명이 적힌 이름표를 목에 걸고 긴 줄을 서 있다. 아이들 틈새에 끼어 가방을 부치고 검색대를 지나 게이트로 향한다. 조금이라도 빨리 가야 한다는 마음뿐, 아무것도 머릿속에 떠오르지 않는다.

탑승 시간이 되자 항공사 직원이 마이크를 들고 사람들을 불러 모은다. 나는 아까 만난 아이들을 또 마주쳤다. 여행이 끝나가는 게 아쉬울 법도 한데, 아이들은 그저 밝기만 하다. 게이트가 열리고, 쉴 새 없이 떠드는 아이들에 휩쓸려 나도 비행기로 들어갔다.

웃고 조잘대는 아이들 한가운데에 내 자리가 있었다. 셀카를 찍는 아이, 입을 벌리고 조는 아이, 우스꽝스러운 표정으로 친구를 웃겨보려는 아이, 아무 말도 없는 아이. 들꽃 같은 아이들과 한 비행기를 타고 천천히 하늘로 올라갔다. 사선으로 기울어진 비행기가 아이들 웃음소리로 가득 찼다.


구름을 품은 하늘빛이 눈부시다. 분명 당신은 하늘나라에 갔다고 했는데, 하늘에는 구름만 떠돌 뿐 당신은 없다. 자잘하게 쪼개진 실구름 사이로 김 양식장이 내려다보이고, 금빛 격자무늬 양식장 너머로 수평선이 펼쳐

148

저 있다. 망자가 향한다는 서쪽 바다를 보며, 아주 오래전 난생처음 본 천리포의 노을이 기억났다. 노을은 상상한 것보다 훨씬 빠르게 사라졌었지. 어릴 적 내가 살던 동쪽 바다와 너무도 다른 빛으로 출렁이던 서쪽 바다는, 그래서 더욱 쓸쓸하고도 아름다웠다.

"너 무　걱 정　하 지　마."

마지막으로 들었던 당신의 말은 마치 무정형으로 뭉쳐진 소리 광물 같았다. 아무리 귀에 담으려 해도 귓가에 잠시 머물다 바닥에 떨어져버렸고, 나는 당신의 목소리를 담을 수가 없었다.

비행기 모드인 휴대전화를 만지작대다 당신이 보낸 마지막 메시지를 본다.


좋은 이웃이되록


일곱 글자와 한 칸의 공백. 당신이 보낸 마지막 글이다.

손가락 하나 움직이는 것도 힘겨웠을 텐데 답장을 보내려 온 힘을 다했을 당신이 그리워졌다. 뜻을 헤아리기 어려운 짧은 메시지를 곱씹어보다 이어폰을 귀에 꽂았다. 〈기억으로〉라는 가제를 붙인 음악이 흘러나온다. 몇 달째 매듭짓지 못하고 있는 미완성곡이다. 곡이 시작되자, 들릴 듯 말 듯한 멜로디 사이로 아이들 소리가 점점 멀어졌다.

지하철을 가득 채운 사람들이 우르르 빠져나가고, 또 몇 정류장이 지나자 사람들이 밀려왔다. 나는 여전히 같은 음악을 듣고 있다. 몇 번을 되돌렸는지 셀 수조차 없다. 지글거리는 히스 너머로 신시사이저가 하늘하늘 춤을 추고, 겹겹이 드러났다 사그라드는 패드 소리가 촛불처럼 흔들리다 꺼졌다. 들을수록 낯설어지는 이 소리를, 정말 내가 만든 건지 나는 믿기지 않았다. 내가 아닌 누군가가 지금의 나를 위해 준비해놓은 음악 같았으니까.

"오늘은 목소리가 좋으시네요."

아주 가끔 당신의 목소리가 또렷한 날이 있었다. 그런 날 아내와 나는 몹시 기뻐하며 당신과 더 많은 얘기를 나누려 했다. 하지만 당신은 말을 길게 잇지 못했다. 몇 마디 되지 않는 짧은 안부를 조금이라도 더 또렷이 전하려 잠시, 온 힘을 다한 것뿐이었다.

당신은 운동치료사가 권하는 발성 연습을 하고 싶어하지 않았다. '아, 에, 이, 오, 우.' '간장, 공장, 공장장은, 강, 공장장이고…….' 그런 지루한 연습 대신 내 노래를 읊고 싶어 했다. 어떤 날은 〈벼꽃〉을, 어떤 날은 〈할머니의 마음은 바다처럼 넓어라〉를, 또 어떤 날에는 〈걸어가자〉를 읽었다. 당신은 몸을 떠나는 목소리를 붙잡으려 내 노래를 붙들고 있었다.

세상이 어두워질 때
기억조차 없을 때
두려움에 떨릴 때
눈물이 날 부를 때
누구 하나 보이지 않을 때
내 심장 소리 하나 따라
걸어가자
걸어가자*

요양사 선생님은 손 글씨로 적은 가사를 나에게 보내주곤 했다. 휴대전화 사진에 찍힌 노랫말을 보며, 나는 이 노래가 더 이상 나만의 노래가 아님을 알았다. 한 번도 상상하지 못한 일을 내 노래가 해내고 있었고, 나는 노래를 만드는 삶을 허락해준 나의 운명에 한없이 감사

---

* 　루시드폴 〈걸어가자〉.

했다.

*

블루투스 스피커를 구해 와서 〈기억으로〉를 튼다. **마지막까지 당신과 이 음악을 들을 생각이다.**

밀려드는 무채색 어깨 너머로 한 송이 한 송이 국화가 쌓여갔다. 당신을 찾은 이들은 한결같고도 다른 모습으로 마지막 인사를 건넸다.

아무도 없을 때 나는 마지막까지, 할 수 있는 한 더 많이 당신을 생각하려 애썼다. 우리 사이에 놓인 기억의 타래를 하나하나 다림질하듯 펼쳐보고 싶었다. 그러다 고개를 들면, 양갈래 검은 리본 사이에서 당신이 웃고 있었다.

당신의 마지막 얼굴은 철저히 무표정했다. 슬픔도 아픔도 없는 곳. 이제 당신은 그곳에 속해 있다고, 눈을 꼭 감고 말없이 말해주고 있었다. 사람들은 흐느끼고, 비처럼 내리는 울음 속에서 아내가 당신 곁으로 한 발 다가가 허리를 숙였다. 나는 사람의 귀가 가장 늦게 닫힌

다던 어느 티베트 승려의 말을 떠올렸다. 새벽처럼 푸른 당신 귓불에 아내가 마지막 인사를 속삭일 때, 당신의 귀가 닫히는 소리가 들렸다. 그건 삶이 닫히는 소리, 그러나 마침표를 찍는 소리가 아닌, 비로소 한 사람이 제자리로 돌아가는 소리였다.

성냥을 긋고 초와 향에 불을 붙인다. 음악은 여전히 흐르지만, 어떤 이들은 눈치채지 못한다. 하지만 잠시라도 음악이 사라지면 나는 순식간에 공기가 식어버림을 느꼈다. 그러다 음악이 흐르면 거짓말처럼 다시 온기가 돈다.

〈기억으로〉는 엊그제까지 내가 매달리던 '그 곡'과 점점 다른 무언가가 되어갔다. 내 것이 아닌 듯한, 그런데 분명히 내가 만든, 낯설고 편안한 이 음악을 듣자니 누군가의 음반 한 장이 떠올랐다.

2001년 초가을, 윌리엄 바진스키William Basinski는 뉴욕에 있는 자신의 아파트 옥상에서 갓 완성한 곡을 듣고 있었다. 그런데 그때, 믿을 수 없는 광경이 눈앞에 펼쳐졌다. 멀리 보이는 맨해튼에서 세계무역센터 건물이 무너져 내리고 있던 것이다. 9월 11일 아침이었다.

그는 그 장면을 캠코더로 담으며 아직 제목도 붙이지 못한 음악을 계속 들었다. 시간이 지나고, 그는 그때 만들고 들었던 그 곡을 《해체 무한 루프The Disintegration Loops》 시리즈로 발표했다. 멜로디가 녹음된 테이프 루프tape loop가 플레이어의 헤드를 긁을 때마다 테이프는 조금씩 닳았고, 그만큼 소리도 흐트러지고 낡아갔다. 그 모든 과정이 곧 음악이 되었다.

2001년 9월 11일 이전에 그 작품은 테러나 죽음과 아무 관계가 없었다. 하지만 그날 이후, 그 곡은 새로운 의미를 '얻고', 전혀 다른 곡이 '되었다'. 이제 《해체 무한 루프》는 9·11 테러를 상징하는 음악이 되어, 10주기에는 뉴욕시립미술관에서 추모곡으로 연주되기도 했다.

언어학자 노마 히데키野間秀樹는 "언어는 의미를 갖지 않는다. 언어는 의미를 획득할 뿐이다."라고 했다.[•] 그와 비슷하게 음악도 의미를 '갖지' 않는다. 듣는 이와 만드는 이, 음악을 매개하는 시공간에 따라 의미를 '획득할' 뿐이다.

• 노마 히데키 『한글의 탄생』, 박수진·김진아·김기연 옮김, 돌베개 초판 2011, 개정판 2022.

사람들은 묻는다. "이 곡은 무엇을 '표현'하는 건가요?" "이 노래에서 어떤 '이야기'를 하려 했나요?" 그런데 나는 음악으로 무언가를 '표현'하지 않는다. '이야기'를 하기 위해 노래를 만들지도 않는다.

나에게 음악은, 표현하는 것이 아니라 무언가가 **되는** 것이다. 〈기억으로〉가 당신을 위한 음악이 되었고, 《해체 무한 루프》가 9·11 테러 희생자를 위한 진혼곡이 되었듯이.

노래는 이야기를 하지 않는다. 노래는 이야기가 **된다.** 이는 하늘에 흩어져 있는 별을 이어 이름을 붙이면 비로소 하나의 별자리가 **되는** 것과 비슷하다. 무용가 정옥희의 말처럼, 노래로 "한번 생겨난 별자리"가 "의미를 갖게 되"는 것.* 나에게 노래는 그런 것이다.

환한 봄볕이 내리는 날, 당신은 저 너머로 건너갔고 나는 일상으로 돌아왔다. 〈기억으로〉는 나에게 무엇이 되었을까. 온종일 그 생각을 하다 잠든 어느 날 밤, 당신을 꿈에서 만났다. 젊고 단단하게 그을린 당신은, 그늘이라곤 없는 적요한 표정으로 얘기를 건네고 있었다. 나도

---

* 정옥희 『이 춤의 운명은』, 열화당 2020.

모르는 사람, 낯선 누군가에게 정갈한 말 몇 마디를 건네고 당신은 어디론가 사라져갔다.

눈을 뜨자, 나는 당신이 진정 떠났음을 느꼈다. 이별을 실감한 새벽에 초록빛 스탠드를 켜고, 우리가 마지막으로 함께 들었던 〈기억으로〉를 틀어놓았다. 그런데 아무리 들어도 이 곡은 더 이상 〈기억으로〉가 아니다. 더 길게, 더 오래 흘러야 할 것만 같다. 어쩌면 내 생의 가장 긴 곡이 될지도 모른다는 예감을 하며, 나는 제목을 다시 지었다.

이 곡은, 이제 〈너머〉가 되었다.*

---

* 앨범 《Being-with》에 〈Transcendence〉로 수록되었다.

신서시스트Synthesist

어떻게 해도 똑같은 소리가 나지 않는다. 정말 혹시라도, 적어둔 게 없을까? 노트며 컴퓨터며 아무리 뒤져도 남겨둔 기록이 없다. 사인파였나, 삼각파였나. 흐릿한 기억을 더듬으며 음파를 골라본다. 소리는 얼마나 깎았더라. 어떤 각도였더라. 2-pole? 4-pole? 몰라. 기억이 안 난다.

필터를 만지다 보면 눈곱만 한 차이로도 소리가 달라진다. 소리를 많이 깎으면 오래 쓴 연필심처럼 소리도 뭉툭해지고, 레조넌스resonance를 올리다 보면 어떨 땐 흐미khoomei*로 노래하는 몽골 가수의 음성처럼 들릴 때도 있다. 소리를 깎고, 레조넌스를 올리고, 포르타멘토 portamento 버튼을 눌러 음표에 다리를 놓고. 비슷하게 소리를 찾아가보지만, 맙소사. 아니, 이런 질감이 아니다.

정말 '어쩌다' 만든 소리였나 보다. 그때는 마음에 들지 않아 아무 기록도 남겨두지 않았는데, 시간이 지나고 이렇게 근사하게 들릴 줄이야. 게다가 비슷하게 재현할 수 없으리라고는 차마 생각지 못했다. 스냅숏이라도 찍어둘걸. 디지털 악기야 저장값을 불러오면 그만인데, 아날로그 세계에선 그럴 수 없다. 하긴, 아날로그 신시사

---

* 몽골식 배음 창법overtone singing. 한 사람의 목소리로 두 사람의 소리를 내곤 한다.

이저 소리는 설령 모든 값을 완벽히 리콜한다 해도 똑같은 소리가 나지 않을 때도 많다. 오직 그 '순간'의 전기와 손맛으로 소리를 만들기 때문이다.

머리로 생각하기에 앞서 직관적으로 노브를 돌리다가 덜컥 소리가 찾아올 때도 있다. 그때 그 순간을 낚아채지 않으면 소리는 다시 오지 않는다. 잘 알면서 또 놓치고 말았네. 그런데, 이렇게 불편한 악기를 사람들은 왜 여전히 사랑할까. 되돌릴 수 없다는 게 애틋해서일까. 디지털 악기로 흉내 낼 수 없는 음색 때문일까. 모든 것이 편리한 시대라 불편함에서 도리어 치명적인 매력을 느끼는 걸까. 나는 왜 이런 위험하고 유혹적인 소리 '만들기'를 하고 있을까.


나는 어릴 때부터 만드는 걸 좋아했다. 밖에서 친구들과 노는 것보다 집에서 혼자 조립식 장난감을 만드는 게 더 좋았다. '만들기'라 부르던 플라스틱 조립식 모형을 제일 좋아했는데, 추장이나 무법자, 카우보이 같은 캐릭터 인형을 만들 때, 너무도 설렜다.

상자에 든 조각을 꺼내서 뜯고 맞추고 붙이다 보면, 인형의 몸이 빚어지고 개성 넘치는 인물들이 잠에서 깨어났다. 그렇게 태어난 이들은 더 이상 플라스틱이 아니었다. 용맹한 아팟치였고, 머리를 허리까지 늘어뜨린 전사였다. 인형이 하나씩 태어날 때, 나는 내 손으로 생명을 불어넣을 수 있다는 게 신기하고 벅찼다.

아무래도 나는 '생각하기'보다 '만들기'를 더 좋아하는 사람인 듯하다. 유학 시절 내가 한 일도 결국은 '만들기'였다. "공부 많이 하셨네요." 그런 말을 들으면 그냥 웃고 말지만, 나는 책에 파묻혀 세상의 섭리를 공부하는 학자가 아니었다. 무언가를 만드는 사람, 손이 머리를 늘 앞서던 그런 사람이었다.

만들고 실패하고 배우고. 다시 궁리하고 실험하고. 또 실패하고 배우고. 그게 '만드는 자', 나의 일상이었고 그런 일상을 나는 사랑했다. 시너 냄새 가득한 접착제로 플라스틱 인형을 만들던 아이가 자라, 신물질을 만드는 고분자 화학자가 된 것이다.


스위스 로잔에 있는 연구실에 합류한 지 몇 달이 지나고, 눈코 뜰 새 없이 바쁜 지도 교수가 어느 날 나를 불렀다. 아마도 학위 논문 주제를 정하는 시기였을 텐데, 미팅을 하던 중 선생님이 대뜸 이렇게 물었다.

"일산화질소를 방출하는 고분자 약물 알갱이를 만들어보겠나?"

아무런 가이드라인도 선행 연구도 없는 일이었다. 그러니까 알아서 논문도 찾고 아이디어도 내보라는 뜻이다.

"얼마나 빠른 속도로 방출해야 하나요?"

선생님은 "느리면 느릴수록 좋겠지."라며 당연한 듯 대답했다.

"크기는요?"

"작을수록 좋지 않을까. 한 20에서 50나노미터 정도?"

그날 미팅 이후, 동료들은 나를 측은하게 여겼다. 대부분 학생들이 전임자의 프로젝트를 이어가거나 이미 개발된 물질을 응용하는 논문 테마를 받은 데 비해, 물질을 만들고 약물을 만들고 세포*in vitro* 실험부터 동물*in vivo* 실험까지 해야 하는 프로젝트를, 그것도 혼자 덜컥 떠안았으니 말이다. 하지만 상관없었다. 오히려 어려운 주제를 맡은 것이 짜릿했다. 나는 만들기를 좋아하는 사람이니까. 만들어내는 걸 좋아하니까. 조금 어려운 만들기를 한다 여기면 되지 않겠어?

결국 나는, 보고된 적 없는 신물질을 만들어보겠다고 심사위원들 앞에서 발표했다. 학생이 해보겠다는데 마다할 이유가 없던 선생님은 흔쾌히 제안서에 사인을 했고, 프로젝트가 시작되었다.

그리고 1년이 지났다. 1년 사이에 나는 정말 많이도 얻어맞았다. 수많은 약품과 분자들과 심지어 아르곤 가스한테도 흠씬 두들겨 맞는, 동네 바보 형이 된 것 같았다. 실패. 실패. 실패. 아무리 도움닫기를 해도 넘을 수 없는, 넘기는커녕 손도 닿지 않는 장벽 앞에 우두커니 서 있는 기분이었다. 용감했을지는 몰라도 모든 게 부족했던 내가 받은 대가는, 좌절이었다.

그래도 옥사진oxazine이라 불리는 육각 고리를 합성하는 데까지는 성공했다. 다만 다음이 문제였다. 이 단분자로 고분자를 만들어야 일산화질소도 붙이고 20나노든 2만 나노든 약물을 만들 텐데, 도저히 만들어지지가 않았다.

나는 옥사진을 꼭 닮은 링에 갇힌 레슬러가 된 기분이었다. 의욕만 있고 실력은 형편없는 신출내기 레슬러. 상대는 보이지도 않는데 육각 고리 링에 갇혀 메치기를 당하던 나는, 피를 철철 흘리며 매일 밤늦게 집으로 돌아왔다. 그래도 다행이라면 나는 맷집이 아주 좋았다. 그렇게 두들겨 맞아도 아침이 오면 또 씩씩하게 실험실 링에서 몸을 풀었다.


예비 심사일은 다가오고, 눈앞이 캄캄했다. 1년 사이에 조금이라도 희망적인 결과를 얻어야 심사에 통과할 수 있었다. 그즈음에는 꿈에서도 그놈의 육각 고리가 나와 춤을 출 정도였다. 나는 화학 박사 안드레에게 도움을 청했다.

"그러니까 아무도 안 했겠지이……."

나는 기어들어 가는 목소리로 네덜란드에서 온 친구 안드레에게 하소연했다. 취리히 실험실에서부터 나와 함께 일해온 믿음직한 동지, 안드레는 바다처럼 파란 눈을 동그랗게 뜨고 내 말을 듣더니, 며칠 뒤 종이 한 장을 들고 왔다.

그가 가져온 종이에는 또 다른 육각 고리 물질이 그려져 있었다. 솔직히 그때 나는 육각 모양이라면 뭘 봐도 토할 것만 같았다. 웬수 같은 육각 고리만 떠올려도, 아니 비슷한 모양만 봐도 경기가 날 만큼 지쳐 있었다.

"이걸로 뭘 어쩌자고?"

한숨을 쉬는 나에게 안드레가 억센 게르만식 억양으로 말했다.

"살다 보면, 절대 안 바뀌는 게 있지. 육각형 같은 거."

링 끄트머리에 몰려 있던 나는 안드레가 건네준 새로운 육각 고리를 부여잡고 겨우 힘을 내 일어났다. 그리고 옥사진의 링에서 보기 좋게 KO당했던 나는, 피페라진piperazine이라는 링으로 옮겨 결국 새로운 물질을 만들었다.* 그렇게 태어난 귤빛 고분자와 오팔을 닮은 어여쁜 약물 전달체는, 더 이상 나에게 화학 '물질'이 아니었다. 그건 나의 분신, 둘도 없는 친구, 그리고 나의 세계였다.

*

신시사이저 앞에서 너무 긴 시간을 보냈을까. 목과 어깨에 곰이 서너 마리는 올라탄 듯이 뻐근하고 아프다.

'이 소리, 그만 놓아줄까.'

요가 매트에 벌러덩 누워 뻣뻣한 어깨를 주무르다, 문득 안드레가 했던 말이 다시 떠올랐다.

"Some things never change."

그땐 그냥 웃어버렸는데, 정말 그렇다. 안 바뀌는 게 있지. 그때나 지금이나, 나는 왜 무언가를 계속 만들고 있을까. 실험실에서 고분자를 만들던 내가, 지금은 소리를 만들고 있다니. 아이 때나 지금이나 이렇게 만들기를 좋아하다니.

언제나 손이 머리를 앞서는 나. 실수투성이인 나. 그것도 변함이 없다. 실험 노트에 기록을 꼼꼼히 남기지 않

---

•    Y. S. Jo et al., *J. Am. Chem. Soc.* 131 (2009) 14413.

아 얼마나 고생을 했으며, 날려 적은 글씨를 내가 못 알아봐서 같은 실험을 반복한 적은 또 얼마나 많았나.

다리보다 머리가 먼저 나가며 스텝이 꼬이고, 서툴게 휘두른 내 주먹이 내 턱을 때린 적도 많지 않았을까. 그러고 보니 보이지 않던 육각 링의 유령은, 바로 나 아니었나 싶다. 시간이 지나도 여전한 나를 떠올리니 웃음만 나온다. 변하지 않는 건 한둘이 아니네. 그건 그렇고, 안드레는 잘 지내고 있을까. 여전할까.

세상에는 신기한 물질도 많고 아름다운 소리도 무수하다. 그런데 우리는 왜 또 무언가를 기어이 만들려 할까.

브라이언 이노는 '예술이란 세계를 만드는 것'이라고 말했다. 나는 그가 말한 '세계'를 '의미의 시공간'으로 해석한다. 유령처럼 떠도는 무의미를 붙들어 의미로 바꾸어내는 일. 허공에 떠다니는 무의미를 '한데 두어',* 의미 있는 세계로 만드는 일.

그래서 우리는 만들고, 살아간다. 크든 작든, 내가 붙들어둔 의미의 성채에 몸을 뉘고 싶으니까. 실험실에

---

* 합성을 의미하는 'synthesis'의 어원은 그리스어 'σύνθεσις', '함께 둔다'라는 의미다.

서 나는 차마 의미가 되지 못한 무의미의 그림자와 싸우고 있었을 것이다. 무의미한 소리가 의미를 띠는 순간 음악이 되고, 음악가는 세계를 얻는다. 그리고 음악이든 문학이든 물질이든 요리 한 접시든, 세계를 만들어내는 이는 모두가 예술가다.

풀과 나무는 햇살에 공기를 섞어 밥을 짓는다. 그리고 그 밥심으로 꽃잎을 틔우고 열매를 키우고 향기와 당분을 만든다. 그들은 '빛'光과 '함께'合 '이루는'成, 위대한 신서시스트다.

봄이 오면 왕바다리*들이 과수원을 찾아와 귤나무 속에 집을 짓는다. 어제 나는 또 벌에 쏘였다. 올해만 벌써 두 번째다. 왕바다리는 무서운 동거자지만, 집을 짓는 모습을 보면 경이로운 건축가다.

그뿐만 아니다. 동박새며 제비 같은 새들은 부리 하나로 어찌나 완벽한 둥지를 만드는지, 공예품과 다름없는 둥지를 볼 때마다 믿기지가 않는다. 하긴 스스로 집을 짓지 못하는 동물은 인간밖에 없다고 했던가. 언젠가 직접 지은 집에 사는 친구가 한 말이 떠오른다.

---

• 한국 고유종 쌍살벌을 일컫는 우리말 단어.

"아니, 다른 사람이 만든 집에 어떻게 삽니까? 허 허 허."

며칠 전 나는 친한 친구에게 엄마가 담근 된장을 선물로 주었다. 친구는 이렇게 맛있는 된장을 먹어본 적이 없다며, 시간이 되면 엄마를 모시고 된장 워크숍을 열면 좋겠다고 진지하게 얘기했다.

딱 한 번 엄마와 된장을 담근 적이 있다. 엄마는 생각한 것보다 훨씬 깐깐한 선배 화학자 같았다. 오래도록 써온 메주는 당연하고, 물도 늘 쓰던 생수만 고집했다. "정수기 물이나 똑같지 않나?"라고 물었지만, 엄마는 덜렁이 화학자 아들보다 엄격했다.

"이 정수기 물로 된장을 담가본 적이 없으니까 안 된다."

그렇게 만든 된장은 엄마와 미생물이 함께 이뤄낸 세계다. 다른 누구도 만들 수 없는 맛의 세계를 만드는 엄마도, 당연히 예술가이며 신서시스트다.

'만일 실험실로 돌아간다면 무슨 연구를 할까?'

아주 가끔 그려볼 때가 있다. 그럴 리야 없겠지만 상상해보자면, 이젠 만드는 일보다 사라지는 일, 되돌리는 일을 해보고 싶다. 이를테면 인간이 만든 플라스틱을 곱게 사라지게끔 돕는 연구 말이다.

로잔 공대 사람들이 모여 만든 'DePoly'라는 회사에서는 복잡하고 에너지를 많이 쓰는 공정 없이 PET 플라스틱을 원재료로 되돌리는 연구를 한다. 잘 쪼개서, 무탈하게 세상으로 되돌리는 일. 그거야말로 또 다른 '만들기' 아닐까.

해마다 햇액비를 만들 때면 미생물의 노래를 들을 수 있다. 당밀에 청국장을 갈아 넣고 40도로 온도를 맞춰놓으면 하루 그리고 이틀이 지날 즈음 미생물의 노래가 들려온다. 보글보글보글보글. 화이트 노이즈를 닮은 그들의 심포니는 언제나 경쾌하고, 그들이 쪼개 만든 영양분은 나무와 땅을 춤추게 할 거다.

그들은 당밀과 청국장 덩어리를 부지런히 쪼개서 갖가지 이로운 물질을 만들어낸다. 인간이 촉매를 넣고, 산을 넣고, 고온 고압으로 끓여 겨우 만들까 말까 하는 물질을 여여하게 만들어내는 미생물은 또 얼마나 유능한 신서시스트인지. 누군가 그랬다. 미생물이 없었다면 인류는 살아남지 못했을 거라고.

이렇게 세상 모든 이들은 각자 세계를 만들며 살아가고, 끊임없이 서로의 세계를 주고받는다. 경이로운 일이다. 세상이 만들기의 재료이자 곧 결과라는 것이. 그러므로 진정 자연이 신이라면, 신성은 세상 어디에나, 누구에게나 깃들어 있다는 것도.

168

저기를 보세요. 푸른 하늘 저편에 기러기 한 마리가 날아가지요. 새들은 모두 자기 뒤에 궤적을 남깁니다. 사람들은 그것을 보지 않지만 저는 본답니다. 이와 마찬가지로 우리는 모두 우리 뒤에 하나의 세상을 만들고 있습니다. 그것이 모든 이의 가장 숭고한 예술이에요.·

·  미야자와 겐지 『미야자와 겐지의 문장들』, 정수윤 엮고 옮김, 마음산책 2023, 42면.

모난 소리

소리는 에너지다. 그러므로 우리는 소리를 보지 못한다. 사람들은 눈으로 볼 수 없는 소리를 기어이 보고 싶어 했는데, 그리하여 오실로스코프oscilloscope라는 기발한 도구를 만들어냈다. 오실로스코프는 소리 에너지를 전기신호로 바꿔 화면에 그려주고, 그렇게 '그려진' 음파를 보다 보면 소리도 그럴듯하게 시각화된다.

굳이 소리를 그려내더니, 사람들은 이름까지 붙여주었다. 삼각파triangle wave, 톱니파sawtooth wave, 사각파square wave, 사인파sine wave처럼 오실로스코프로 구현된 생김새를 본따 이름을 지어준 것이다. 오실로스코프 화면에 뜬 삼각파는 정말 직각삼각형 모양이다. 사각파도 과연 사각형이다. 톱니파는 톱니처럼 생겼나? 그렇다. 삐쭉삐쭉한 톱니처럼 날이 선 파형이다.

어떤 사람들은 날카롭게 '생긴' 파형은 소리도 날이 서 있고, 둥글둥글하게 '생긴' 파형은 소리도 부드럽다고 한다. 우연이라면 우연일 텐데, 실로 그렇다.

톱니파는 날 선 생김새만큼 소리도 날이 서 있다. 그렇지만 이 거친 소리는 잘만 다듬으면 더없이 힘차고 '엣지 있는', 매력 넘치는 소리가 된다. 전 세계 수많은 사운드 디자이너들이 톱니파를 아끼고 사랑하는 이유다.

171          모난 소리

이런 '모난' 소리와는 달리 그 어디에도 각이 지지 않은 사인파―정현파라고도 한다―의 몸매는 완벽한 곡선으로 이뤄져 있다.

어릴 적, 자정이 넘어 방송이 끝나면 텔레비전에서는 어김없이 애국가가 흘러나왔다. 그리고 화면 조정 시간으로 넘어가는데, 그때 뭐라 표현할 수 없는 이상야릇한 화면과 함께 나던 소리. '뚜우―'하며 울리던 바로 그 소리가 1kHz 사인파다.

각진 곳도, 모난 곳도 없어 둥글게 둥글게 생긴 이 소리는 오로지 하나의 주파수에서 울리는 순정한 소리다. 이 완고한 외골수는 부하처럼 배음harmonics을 거느리지도 않고, 오직 홀로 존재한다. 그리고 자연 세계에는 존재하지 않는 가장 '인간적'인 소리다. 가청 주파수 한가운데에서 음향 보정의 기준점이 되는 고마운 소리이기도 하다.

모난 곳이 없으니, 필터로 깎아낼 데도 없다. 한때 나는 사인파로 소리를 만드는 일에 몰두했는데, 얼핏 들으면 유순하게 들려도 다루기가 보통 어려운 게 아니었다. 생긴 건 둥글둥글하지만 편하게 들리도록 다듬기란 쉽지 않았다. 순수한 주파수 하나를 오래 듣는 것, 그 자체가 힘든 일이기 때문이다.

우리 귀의 유모세포有毛細胞는 하나의 주파수에 집중된 소리보다 여러 주파수가 섞여 있는 소리가 더 듣기 좋다고 뇌에 속닥거린다. 그래서 옹고집 사인파를 오래 듣고 있으면 금세 뇌가 전갈을 보낸다.

'이제 그만. 그만 듣자.'

반면 삼각파나 톱니파, 심지어 슈퍼톱니파supersaw wave*와 같은 음파는 오히려 다듬기가 쉬운데, 거친 배음을 잘 다듬으면 그야말로 '츤데레'의 매력이 물씬 느껴진다. 더운 여름날, 엄청나게 매운 양념을 버무린 비빔냉면처럼 쫄깃하고 중독적인 소리를 만들 수 있다.

이 외로운 사인파에게ㅡ배음이라 불리는ㅡ친구를 만들어주려면 어떻게 해야 할까. 생각보다 간단하다. 사인파를 조금씩 찌그러뜨리면 된다. 소리를 위아래로 눌러 음파가 구겨지고 모가 나면, 그때 배음이 생기고 왜곡distortion도 일어난다. 그러면서 사인파는 점점 사각파에 가까워진다. 그러니까 모난 소리란, 곧 왜곡된 소리다.

놀랍게도 우리 귀는 왜곡된 소리를 더 좋아하는 편

---

* 톱니파를 여러 개 겹쳐서 만든다. 더 날카롭고 공격적인 소리가 난다.

　　　　　　　　　　　　　모난 소리

이다. 그래서 아무리 음향 기술이 진보해도 사람들은 여전히 옛 악기를 찾고, 불편하기 짝이 없는 빈티지 장비를 구해 모은다. 진공관이나 테이프, 트랜스포머를 거쳐 '기분 좋게' 찌그러진 소리를 들을 때, 뇌는 쾌감을 느끼고, 아름답다며 환호한다.

뇌는 찌그러진 소리를 좋아할 뿐 아니라, 찌그러진 소리가 오히려 더 선명하고 깨끗한 소리라며 우기기도 한다. 그래서 트랜스포머가 없는 앰프와 컨버터를 거쳐 투명하게 녹음한 소리보다 아날로그 콘솔을 거친 소리가 더 명징하다고 강변하는 것이다.

우리가 좋아하는 많은 소리는 '아름답게 왜곡된', 그러나 결국 모난 소리다. 투명한 광물에 섞인 극미량의 불순물이 보석의 빛깔을 만들어내는 것, 혹은 한두 톨 천일염이 음식의 단맛을 한결 또렷하고 감칠맛 나게 해주는 것과 비슷할지 모른다. 오실로스코프의 초록색 브라운관을 휘젓는 톱니파를 보다 보니, 모난 존재들이 어쩌면 세상을 더 천연하게 만드는 주인공일지도 모른다는 생각을 하게 된다. 더없이 맑은 물에는 물고기가 살 수 없다는, 평범하고 오래된 잠언도 한 번 더 떠올리며 말이다.

필름과 테이프

나는 아직도 필름으로 사진을 찍고 테이프로 음악을 듣고, 만든다. 내가 사랑하는 필름과 테이프에 대한 얘기를 해볼까 한다.

필름을 사고, 찍은 필름을 현상소로 보내고, 현상을 하고, 스캔을 하고. 이 모든 게 품이 드는 일일 뿐 아니라 돈도 많이 든다. 사진이야 스마트폰으로 찍으면 될 텐데, 대체 왜 그러는지 이해하지 못하는 사람도 꽤 있을 것이다. 어떤 친구는 필름 사진을 찍는 건 사치스러운 '놀이' 아니냐고 내게 말하기도 했다. 굳이 왜 돈을 써가며 사진을 찍느냐는 거다.

나는 아주 오래 전부터 필름 사진을 찍었다. 별 이유는 없었다. 친구가 주고 간 필름 카메라가 있었고, 유행하는 디지털카메라 욕심도 없었기에 그냥 가진 카메라로 사진을 찍어온 것뿐이다.

그런데 시간이 갈수록 그 조그만 카메라가 점점 더 경이롭게 느껴졌다. 고분자 박막에 감광 물질을 펴 바른 무채색 필름을 볼 때, 수십억 개의 할로겐화은AgX 입자들이 빛의 알갱이를 붙드는 모습을 상상하게 된다. 카메라라는 그 작고 '어두운 방'camera obscura에서 일어나는 화학적 기적. 한때 자가 현상을 한 적도 있다. 솔직히 말하

176

면 어쩔 수 없이 했던 일이고 사람들이 흔히 쓰는 필름도 아니었지만 말이다. 사연은 이렇다.

오래전 나는 스톡홀름의 어느 대학에서 잠시 일했다. 내가 일하던 실험실 건물에는 TEM*이라는 기계가 있었는데 우리말로 '투과전자현미경'이라 부르는, 극도로 작은 물질을 관찰할 때 쓰는 현미경이다.

이 기계를 제대로 쓰려면 TEM을 잘 다루는 테크니션에게 부탁해야 한다. 그런데 실험실 박사님은 웬일인지 직접 나에게 사용법을 가르쳐주었다. 북유럽 사람들 일 처리가 느리고 답답하니 그때그때 가서 바로 찍어오라는 것이었다. 한마디로, 열심히 일하고 빨리 결과를 가져오라는 뜻이다.

안경점에서 흔히 보는 아담한 광학현미경을 상상하면 안 된다. TEM은 실험실 하나를 가득 채울 만큼 거대한 기계다. 시료가 들어갈 챔버는 극저온 진공상태를 유지해야 해서 시료를 넣고 뺄 때 진공이 '걸리기까지' 기다리는 것도 지루한 일이었다.

나 같은 한국인 '박사과정 노예'*가 환할 때 퇴근하기

---

• Transmission Electron Microscope.

필름과 테이프

란 어차피 어려웠지만, TEM을 찍는 날에는 꼬박 밤을 새우기 일쑤였다. 지하 1층 실험실에서 시료를 만들어 초미니 방충망처럼 생긴 구리 그리드에 시료 방울을 똑똑 떨어뜨린다. 그리고 TEM 방으로 달려가 시료를 넣고 기다리다 관찰을 시작한다.

그런데 학교에 있는 기계가 워낙 오래된 것이다 보니 현미경에 디지털카메라가 아닌 필름 카메라가 달려 있었다. 그것도 오래된 사진관에서나 봤을 법한 대형 카메라였다. 그러니 시료 사진을 찍고 현상하고 스캔까지 마쳐야, 겨우 이미지 하나를 얻을 수 있었다.

만에 하나라도 필름 통에 필름이 떨어지거나 현상을 잘못하면 어렵게 얻은 데이터를 다 날릴 수도 있었다. 그래서 스릴 넘치는 TEM 실험일이 오면 나는 하루 종일 입에 기도를 달고 살았다. '제발 실패하지 않게 해주세요. 제발.' 누구를 향한 기도든 상관없이 계속 빌었다.


현미경 파인더에 두 눈을 대고 초점을 맞춰 초록빛 모노크롬 바다를 헤매다 보면, 내가 만든 작은 입자가

---

• 박사과정 학생을 뜻하는 'Ph D student'를 'Ph D slave'라 자조적으로 부르곤 했다.

시야에 들어온다. 원하는 크기와 모양으로 잘 만들어진 걸 확인한 순간, 그때부터 미친 듯이 심장이 뛴다. 입으로는 중얼중얼 기도를 하고, 덜덜 떨리는 손으로 사진을 찍는다. 하지만 무한정 찍을 수도 없다. 장전된 필름 수가 정해져 있기 때문이다.

북유럽 건물의 철문을 닮은 묵직한 필름 통을 꺼내 들고, 행여 넘어지기라도 할까 조심조심 현상실로 간다. 그때쯤 되면 보통 자정이 넘는다. '선진국' 대학 연구소에는 이 시간에 나 같은 한국인 박사과정생 말고는, 아무도 없다.

그리 크지 않은 현상실에는 양쪽으로 실험 벤치가 마련되어 있고, 투명한 상자 모양 건조기도 있었다. 방 오른쪽에는 현상액과 고정액이 담긴 수조와 여분의 약품, 그리고 개수대가, 건너편에는 사진을 널 끈과 집게가 나를 기다리고 있었다.

현상실로 들어가면 재빨리 불을 바꿔야 했다. 영화에서나 봤을 법한 빨간 전구를 켜면, 눈을 한껏 부릅떠야 뭐라도 보일까 말까 했다. 핏빛 램프 아래에서 떨리는 손으로 필름 통을 열고, 켜켜이 쌓인 직사각형 필름을 꺼내 스웨덴어 아래 작게 적힌 영어 설명을 읽으며 현상을 했다. 사진학과 학생들이 할 법한 일이었는지 몰

179                              필름과 테이프

라도, 나는 이 또한 내가 사랑하는 화학의 일부라 믿었다. 사실이 그랬다. 그 모든 게 '반응'이니까. 그리고 반응이 끝나면, '진실의 순간'이 찾아온다.

마지막 세척을 마친 필름을 건조기에 한 장씩 넣고 기다리면 필름 위에 희미한 윤곽이 드러나기 시작한다. 타불라 라사tabula rasa 같은 텅 빈 필름에 음영이 생기고, 동글동글한 물체가 모습을 드러낸다. 천천히, 아주 천천히.

당신이 나를 일으켜 세우니
나는 정상에 설 수 있고
당신이 나를 일으켜 세우니
나는 폭풍이 부는 바다 위를 걸을 수 있네*

왜 하필 그때 어디선가 조시 그로반Josh Groban의 노래가 들렸을까. 언젠가부터 현상실의 배경음악이 된 이 노래는 때로는 기쁨의 행진곡이고, 때론 절망의 레퀴엠이었다. 기대한 대로 사진이 나오면 볼 수도 만질 수도 없는 입자들이 지친 내 몸을 번쩍 일으켰고, 아무것도 보

---

* 조시 그로반 〈당신은 나를 일으켜 세우니You Raise Me Up〉.

이지 않으면 세상이 푹 꺼지는 것만 같았다. 현미경은 내가 만든 세계를 빛으로 노래해준 가수였고, 카메라는 그 노래를 묵묵히 적어준 나만의 늙은 사보가寫譜家였다.

실험을 끝내고 텅 빈 밤거리를 걸어 집으로 가는 길, 나는 빨간 벽돌로 지은 대학 본관에 걸린 황금빛 휘장을 올려다보곤 했다.

VETENSKAP

OCH KONST

높이 달린 동그란 휘장 한가운데에 우리 학교의 교훈이 적혀 있었다. 영어로 옮기면 'Science and Art'. 공과대학이니 누가 봐도 과학과 **기술**이라는 의미였겠지만, 나는 내 맘대로 믿고 싶었다. 저건 분명 과학과 **예술**일 거라고.

\*

빛photo으로 세상을 기록하고graphy 싶은 욕망은 머리 좋은 화학자들을 추동했고, 사람들은 기어이 빛을 붙드는 도구를 만들어냈다. 내가 스스로를 아직 화학자라 부

필름과 테이프

를 수 있을지는 모르지만, 석 장의 필터를 겹쳐 찍은 톨스토이의 컬러 사진을 볼 때마다 나는 여전히 선배 화학자들께 경외의 인사를 드린다. 그리고 그 기분을 간직한 채 사진을 찍으면, 셔터를 누르는 손 끝으로 빛光을 느끼는感 듯한 상상을 하게 된다.

카메라는 이미 전화기 속 세입자가 된 지 오래다. 이제 사람들은 셔터를 연사해 마음에 드는 순간만 골라낼 수도 있다. 그런 마당에 필름 카메라는 참 불편하고 무능하다. 너무 가까워도, 조금만 어두워도 피사체를 제대로 담지 못한다. 게다가, 너무 무겁다.

필름이 한번 카메라로 들어가면 제약은 더 심해진다. 날씨와 빛을 예상해 적당한 감도의 필름을 골라 넣는다 쳐도 요즘처럼 날씨가 변덕을 부리면 참 곤혹스럽다. 노출이 잘못되거나 어이없는 잔실수 하나로 귀한 순간이 날아가 버릴 수도 있으니까.

그럼에도, 예측할 수 없는 그러나 너무나 강렬한 결과물이 찾아올 때가 있다. 그건 모든 게 완벽하고 안전한 방식으로는 얻을 수 없는 결핍의 선물이다. 그래서 나는 아직도 필름을 고르고, 뷰파인더로 피사체를 바라보고, 묵직한 셔터를 누르고, 리와인드 레버를 돌려 필름을 꺼내, 시간을 묵혀두다가, 나만의 빛이 태어나는 순간을 기꺼이 기다린다.

*

한때 카세트테이프는 가난한 사람들을 위한 마음의 단비와 같았다. 카세트를 발명한 루 오텐스Lou Ottens가 세상을 떠난 날, 그의 부고 아래에 눈에 띄는 댓글이 있었다.

'나의 영웅 루, 편히 쉬시길. 그때의 카세트는 지금의 유튜브였습니다.'

그는 혁명가였다. 비싼 오디오 기기로부터, 그리고 공간으로부터 수많은 이들을 자유롭게 해준 해방의 전령이었다. 카세트 플레이어 덕분에 사람들은 거리에서 바닷가에서 숲속에서 버스 안에서, 언제 어디서라도 음악의 손을 놓지 않을 수 있었다. 음악을 들을 곳을 선택할 주체적 권리를 가질 수 있었고 그것이야말로 진정한 '혁명'이었다.

동그란 릴 테이프를 꺼낸다. 10.5인치 지름의 테이프 옆구리에는 돌돌 말린 검은 소리 켜가 지층처럼 잠들어 있다. 플레이어의 재생 버튼 위에는 화살표 모양과 함께 '재생'reproduce이란 단어가 새겨져 있다. 나는 이 말이 참 좋다. 잠든 소리 씨에 생명을 불어넣는 말 같기도 하고, 흘러 가버린 시간을 '재생'regenerate한다는 의미 같기도 하다.

마그네틱테이프는 수많은 음악가들에게 영감의 샘물이기도 했다. 이안니스 크세나키스Iannis Xenakis, 스티브 레이시Steve Reich, 테리 라일리Terry Riley와 같은 선구자들은 물론이고, 테일러 뒤프리Taylor Deupree나 마커스 피셔Marcus Fischer 같은 현 세대 뮤지션까지, 반세기 넘는 시간에 걸쳐 수많은 뮤지션들이 테이프로 소리를 다루고 세상에 들려주었다.

테이프는 단순한 재생 도구가 아니었다. 순간을 가두는 '소리 카메라'이자, 시공간을 널뛰게 하는 변혁의 도구였다. 테이프를 잘라 끝을 이어 루프를 만들거나, 테이프 조각을 무작위로 섞어 붙여 다른 차원의 소리를 창조해내는 귀중한 연장이었고, 테이프에 담긴 소리와 음악은 우리 손안으로 들어와 뮤지크 콩크레트musique concrète가 되었다.

세상의 모든 음악이 인터넷이라 불리는 세계로 건너가던 시절, 나는 음악의 몸이 사라진 듯한 감정을 느꼈다. 음악은 이제 머리만 남은 생물체 같았다. 똑똑하긴 한데, 움직이는 손과 발, 땀 냄새가 느껴지지 않았다.

사이버 공간을 부유하던 음악은—아직도 나에게는 어색한 이름인—'음원'이라는 이름표를 달고 나타났다. 비닐을 뜯어 케이스를 열고, 테이프를 꺼내 플레이어에 꽂은 후 버튼을 누르고, 속지를 펼쳐 크레딧을 볼 때, 나는 '몸'으로 음악을 들었다. 하지만 음원은 누가 연주했고 어떤 엔지니어가 어디서 녹음했는지 말해주지 않았다. 음원으로 음악을 듣는 건, 마치 기억을 잊은 자의 옛날이야기를 듣는 것과 같았다.

　　대학 시절, 누가 볼까 토익학원 한구석에서 꺽꺽 울며 음악을 듣던 나. 그건 〈Before Today〉의 브레이크비트가, 트레이시 손Tracey Thorn의 목소리가 슬펐기 때문만은 아니었다. 손에 쥔 빨간 앨범 재킷에 트레이닝복 차림으로 뻐딱하게 앉은 벤 와트Ben Watt의 앙상한 볼살을 볼 수 있었기 때문이고, 긴 투병 끝에 돌아온 나의 히어로에 대한 고마움과 감격스러운 팬심이 더해진 눈물이었다.

　　"이제 어쿠스틱 음악은 정말 안 할 건가 봐……."

　　시무룩한 표정으로 친구에게 투덜대기는 했지만, 뭐라도 좋으니 새 앨범을 내주기만 한다면 얼마나 좋을까. 속내는 그랬다. 그런 마음으로 매일같이 레코드점을 드나들던 어느 날, 마침내 그들—에브리싱 벗 더 걸Everything But The Girl, EBTG의 새 앨범이 나온다는 소식이 들려왔다.

일렉트로닉이든 어쿠스틱이든, 트로트나 헤비메탈이라 해도 상관없었다. 그저 그들이 돌아오기만을 기다린 끝에 드디어, 《Walking Wounded》가 나를 찾아왔다.

무더운 여름, 해운대 시장 어느 레코드점에서 그들의 빨간 카세트테이프를 샀다. 토익학원으로 가는 버스 차창 밖으로는 뜨거운 햇살이 쏟아지고, 그렇게 기다리던 그들의 신곡 〈Before Today〉가 이어폰으로 흘러나오는 순간, 나는 슬픈 예감이 맞았구나 생각했다. 나의 '최애' EBTG는 이미 멀고 먼 일렉트로닉 나라로 떠났다는 걸 결국 깨닫고 말았으니.

상실의 눈물이었을까. 차르륵 차르륵, 테이프가 도는 속도. 1초에 5센티미터만큼의 속도로 사그라들던 기다림의 시간. 그만큼 늘어가는 아쉬움. 눈물을 뚝뚝 흘리며 그럼에도 여전히, 마냥 아껴 듣고 싶던 그 알 수 없는 마음은 대체 무엇이었을까.

레코드점에 가도, 심지어 애플뮤직이나 유튜브에서도 나는 더 이상 그들의 이름을 찾지 않는다. 그런데, 두 사람이 돌아왔다. 무려 24년 만이다. 그사이 나는 프로 뮤지션이 되었고, 열 장 넘는 앨범을 냈다.

나는 카세트테이프가 아니라 유튜브를 통해 그들의 새 노래를 들었다. '보았다'라고 하는 게 더 정확할까. 부클릿에 깨알처럼 적혀 있던 가사와 크레딧 대신, 원테이크로 찍은 뮤직비디오를 먼저 보았으니까.

찰리 디 플라시도Charlie Di Placido가 연출을 맡은 뮤직비디오는 한 편의 댄스 필름이었다. 끊임없이 춤추는 배우들과 쉼 없이 움직이는 카메라 사이에서 낯설고도 너무나 익숙한 목소리가 흘러나왔다. 짧고 굵은 트레이시의 바이브레이션. 여전한데, 어딘가 멀다.

목소리가 변한 걸까. 아니, 목소리를 변조한 걸까. 내 귀가 변한 걸까. 알 도리가 없다. 하지만, 24년이다. 24년이 흐른 것이다. 그렇다면 아무것도 설명할 필요가 없다. 나는 그들의 새 앨범을 디럭스 옵션으로 골라 클릭 몇 번으로 장바구니에 넣었다.


테이프에 가지런히 발려 있는 산화철 알갱이. 옛날 테이프는 붉은빛이 강하고, 요즘 테이프는 검은빛이 짙다. 테이프 띠를 손으로 훑어본다. 나는 지금 무얼 만지고 있나. 소리일까. 물질일까. 시간일까.

실험실에서 나도 잠시 자석 입자를 만든 적이 있었다. 검은색 마그네타이트magnetite, $Fe_3O_4$가 나오면 성공이고, 붉은 마게마이트maghemite, $\gamma$-Fe$_2$O$_3$가 나오면 실패였다. 그때는 반갑지 않던 마게마이트가 훗날 나의 음악 파트너가 될 줄은 꿈에도 몰랐던 시절, 입자를 만들어 동그란 자석을 비커 바닥에 갖다 대면 자석 입자가 우르르 몰려들었지.

이런 초미니 자석 알갱이도 한 몸에 양극을 갖고 정보를 기록한다. N극과 S극이 있으니 0과 1로 정보를 기록하는 디지털 방식과도 비슷한 원리다. 하지만 결정적으로 다른 점이 있다. 테이프라는 소리 창고는 마치 풍선 같아서 약속보다 더 많은 소리가 흘러들어도 기꺼이 받아들인다.

그런데 디지털 매체는 약속 이상으로는 절대 소리를 받지 않는다. 넘치는 소리는 '오류'가 된다. 0dBfS*라는 결코 넘어선 안 되는 '담벼락'을 정해두고, 만일 소리가 그 담을 넘으면 여지없이 레드카드를 내미는 것이다.

테이프는 조금 넘친 듯 소리를 받아줄 때, 오히려 매력을 뽐낸다. 덤으로 얹은 소리가 테이프의 자석 알갱이를 포화saturation시키면, 그 소리가 더 기분 좋게 들리는 것이다. 테이프는 그렇게 극단적인 도그마를 강요하지

*     dBfS, decibel full scale.

않는 세계에 속해 있다. 때론 부정확하고 예측 불가하지만, 여지가 있는 세계다.

'음악을 잘한다.' 이런 표현을 좋아하지는 않지만, 누군가 "음악을 잘한다는 건 뭘까요?"라고 묻는다면 이렇게 답할 것이다.

"아무도 대체할 수 없는 음악을 한다는 뜻 아닐까요."

디지털로 대체할 수 없는 세계가 테이프에 있다. 테이프의 열등함은 때론 대체할 수 없는 유일함이 된다.

몇 년 전, 나는 흐느끼듯 '노래하는' 소리를 만들고 싶었다. 그런데 어떤 디지털 플러그인을 거쳐도 원하는 소리를 만들 수가 없었다.* 그때, 아주 오래된 테이프 레코더가 떠올랐다. 너무 낡아서 전원을 켤 때마다 조마조마한, 나이도 가늠할 수 없는 기계다.

이 녹음기는 심지어 스테레오도 아니다. '지는 앞만 봅니더.' 100Hz 근방에 험hum 노이즈가 꽉 찬, 구수한 돌직구만 던지는 이 모노포닉monophonic 투수는, 비록 나이 탓에 구속은 느려졌지만 여전히 왼쪽 오른쪽 둘러보지

---

* 심지어 테이프의 '후진' 소리를 모사하는 디지털 플러그인도 넘쳐난다.

필름과 테이프

않고 오직 음상音像 한가운데로 돌직구를 꽂아 넣는다.

이 레코더에는 출처도 모르는 적갈색 테이프가 끼워져 있었다. 나는 트로트가 녹음된 이 5인치 릴 테이프에 소리를 입히고 재생 속도를 낮춰서 틀어보았다. 그런데, 그토록 찾던 소리가 흘러나오는 거다. 그는 마치 30년대 만요漫謠 가수처럼 가냘프고 구성지게 노래했다. 완벽한 장비로는 만들 수 없던, 완벽한 **노래**였다.

EBTG의 새 음반을 드디어 받았다. 초록색과 분홍색 띠가 엇갈린 LP 재킷에서 진초록 알판을 꺼내 든다. 그들의 신곡을 카세트테이프로 만날 수는 없었지만, 그리고 꺽꺽 울며 그들의 음악을 듣던 토익학원도 이제는 사라졌겠지만, 초로의 아티스트가 되어 돋보기를 낀 채 피아노를 치는 벤과 트레이시의 걸걸한 바이브레이션을 다시 들을 수 있어 그저 감사하다.

자주 듣게 되진 않을 것 같다. 그들과 나는 너무 멀어져버렸으니까. 너무 멀기에 여기까지 편지 한 장 보내는 데 이렇게 오래 걸린 거겠지. 그러나 나의 한 시절, 그렇게 사랑했던 이들의 새 음반을 품을 수 있다는 것. 그건 얼마나 큰 축복인지. 29년 전에 나온《Walking Wounded》카세트테이프를 꺼내본다. 참 젊었던 두 사람을 담은 재킷 사진은, 아마도 0과 1의 픽셀이 아니라 수억 개 브롬화은$_{AgBr}$ 입자들이 촘촘히 감광한 청춘의 순간이었을 터다.

필름도 테이프도 모두 도구다. 빛과 소리를 담는 도구. 그런 도구로 우리는 무언가를 남긴다. 남기는 순간, 그들은 더 이상 도구가 아니라 '시선'이 된다. 실수가 실패가 아닌, 가능성이 되는 도구를 손에 쥘 때, 시선은 자유로워진다.

나는 어떤 시선으로 음악을 할까? 모르겠다. 다만 나는 더 이상 '음악은 무엇인가'를 묻지 않는다. '이것은 음악인가, 음악이 아닌가'와 같은 질문도 관심 없다. '무엇이 음악이 되는가.' 나는 이게 중요하다.

우리가 사는 곳은 완전과 불완전으로 나뉜 양극의 세계가 아니다. 우리는 0과 1 혹은 북극과 남극, 어느 극단에도 속해 있지 않다. 완전하고도 불완전한 세상은, 때론 불완전해서 완전해진다. 완전5도는 감6도와 같고도 다른 이름이다.

필름 카메라의 뷰파인더로 세상을 볼 때, 나는 마음 속으로 필름에게 말을 건다.

'네 앞에 뿌려진 빛을 너만의 시선으로 그려주렴.'

필름과 테이프

그러면 오매불망 빛을 기다리던 브롬화은 분자들은 이런 답을 들려줄지 모른다.

'걱정 마. 실패한 사진이란 없어.'

좋은 소리의 반대말은 '나쁜' 소리가 아니라는 걸, 테이프는 내게 가르쳐주었다. 나만큼이나 테이프를 사랑하는 테일러 뒤프리의 음악을 듣다가 문득 그가 했던 말이 떠올라 나의 오래된 레코더, 듬직한 돌직구 투수의 어깨를 한번 쓰다듬어본다.

"겨우 소리가 나는 낡은 레코더가, 나는 너무 좋습니다."

무대의 시간

푸른 조명이 암전을 뚫고 쏟아진다. 무대 뒤로 드리운 커튼 너머엔 여전히 스태프들이 분주하고, 팽팽히 부푼 긴장과 고요가 뒤섞인 백스테이지에서 헤드셋을 쓴 무대감독이 음향감독과 얘기를 나눈다.

몇 초 지났을까. 은은하게 번지던 음악이 페이드아웃되고, 객석을 채운 모든 소리가 순식간에 잦아들었다. 무대감독이 익숙한 손짓을 하며 나를 본다. 이제, 시작이라는 뜻이다.

나는 크게 숨을 한 번 고르고 오렌지빛 이어폰을 귀에 꽂았다. 허리에 찬 모니터 리시버의 볼륨을 정해둔 대로 맞추고, 잠시 눈을 감는다. 세 번, 마음속으로 기도를 하고, 무대로 걸어 나간다.

사람들은 매일매일 다르다. 어떤 날에는 텅 빈 고요로, 또 어떤 날에는 과분할 만큼 큰 박수로 나를 맞아준다. 나는 붉은색 쿠션의 의자에 앉아 기타를 안았다. 푸른 조명이 비추는 무광 기타가 오늘따라 참 예쁘다. 네 몸빛은 시간이 갈수록 짙어지는구나. 참 오래되었지. 같이 노래한 지도.

비가 많이 내리던 어느 날, 무슨 이유였는지 나는 무작정 낙원 상가로 갔다. 열심히 호객을 하던 어느 남자

194

의 손에 이끌려 '세고비아 기타'라고 적힌 상점에 들어 갔고 이 기타를 만났다. 동그란 홀에 코를 대면 코끝이 찡하도록 연필 향이 나던 나의 첫 나일론 기타를, 나는 12개월 카드 할부로 데리고 왔다.

유난히 비가 많았던 그 여름부터 지금까지 우리는 항상 함께였다. 함께 비행기를 타고 유럽과 한국을 오갔 고, 이제는 반도와 섬을 오가며 함께 노래를 한다. 나의 첫 앨범부터 최근 앨범까지, 그는 변함없는 내 몸과 마음의 연장extension이었다. 그동안 거의 모든 노래를 함께 만든 그를 만나지 못했다면, 나는 지금 이 무대에서 전혀 다른 노래를 부르고 있을지 모른다.


그를 품에 안고 천천히 조율을 한다. 하나. 둘. 셋. 넷. 다섯. 그리고 여섯. 여섯 개의 줄을 조였다 풀었다 소리를 맞추면, 어느새 그가 나와 한 몸처럼 목소리를 포갠다. 조율이 끝나고 발을 쭉 뻗어 볼륨 페달을 열었다. 마이크에서 스피커로 이어진 소리 길이 열리고, 들릴 듯 말듯 나지막이 히스 노이즈가 번진다. 공연장의 혈관으로 '소리의 피'가 흐르면, 하나 둘 셋 넷. 박자에 맞춰 첫 곡이 발을 내딛는다.

무대의 시간

노래가 끝날 때마다 고요하고도 긴 박수 소리가 내게 흘러온다. 뜨겁지도 차갑지도 않은, 알맞게 따뜻하고 다정한 박수 소리다. 이 소리는 홀로 무대에 앉은 나에게 무엇에도 비할 수 없이 아름다운 음악이다. 노래를 듣는 이들이 되돌려주는 이 짧고 강렬한 합주를 들으며, 나는 객석에 앉은 훌륭한 음악가들과 하나가 되어간다. 노래는 박수의 메아리가 되고, 박수는 다시 노래를 부르며 식어 있던 겨울 공연장에 온기가 흐른다. 굳어 있던 내 몸이 조금씩 부드러워지고 있다.

노래가 몇 곡 끝나고, 오랜 친구인 피아니스트 조윤성을 무대로 초대할 시간이다. 나는 언제나 마음을 다해 그를 소개하고 사람들도 우레 같은 박수로 그를 맞는다. 그가 무대에 올라 두 손을 모으고 허리 숙여 인사를 한다. 나도 일어나 그를 향해 고개를 숙인다.

우리는 잠시 눈빛을 나누다 각자 자리에 앉는다. 어느덧 긴 시간을 함께한 그를, 나는 늘 '마에스트로'라고 부른다. 지구 반대편에 살았던 시인 비니시우스 지 모라이스Vinicius de Moraes가 톰 조빔을 소개했듯이.

"마에스트로, 안토니우 카를루스 조빔."

비니시우스가 톰 조빔을 소개할 때, 무대에 오르는

조빔과 비니시우스가 나누던 그 눈빛. 존경과 사랑, 경외와 감사, 추억과 우정, 그리고 연대와 동지애로 가득 찬 그들의 눈빛을 볼 때마다 나는 늘 가슴이 벅찼다.

비니시우스는 그의 마에스트로 조빔보다 14년 앞서 태어났고, 정확히 14년 먼저 세상을 떠났다. 비니시우스가 죽고, 홀로 선 무대에서 조빔은 비니시우스와 함께 만든 노래 〈당신이 없으면 나도 없어요Eu Não Existo Sem Você〉를 연주했다.* 들꽃처럼 아름다운 이 노래를 '부르며', 그는 비니시우스를 '불렀다'.

달빛이 있어 바다가 아름답듯 / 노래는 불러지므로 이유를 갖듯 / 비가 있어야 구름이 생기듯 / 시련이 있어 시인이 위대해지듯 / 사랑 없는 삶은 삶이 아니듯 / 내가 없으면 당신이 없고 / 당신이 없으면 나도 없어요

〈강〉을 연주한다. 이 노래는 우리 두 사람이 무대에 섰음을 알리는 의식 같은 곡이다.

---

* 실황 앨범 《톰, 비니시우스를 부르다Tom Canta Vinicius》에 담겨 있다.

당신을 보고 있으면 / 강물이 생각나 / 강물이 생각나 / 상류도 하류도 아니라, / 아마 중류 어딘가쯤 / 굽이굽이 / 허위허위 / 흐르는 강물 / 강물

　서촌에 있던 작은 스튜디오에서 우리는 이 노래를 함께 녹음했다. 늦은 여름비가 주룩주룩 내리던 날, 리허설을 마치고 부스에서 나온 그가 녹음 직전 조심스럽게 물었다.

　"Eb9(#11). 딱 한 곳에만, 이 코드를 넣으면 안 될까요?"

　피아노 솔로가 시작되기 직전, 휴지기가 있는 마디의 첫 박, 온음. 아홉 번째 음과 반음 올린 네 번째 음이 나란히 있는 팽팽한 코드. 그와 내가 이 코드를 함께 짚을 때, 시간도 잠시 멈추었다 뒤이은 Dmaj9 코드에서 모든 긴장이 해소된다. 그리고 '상류도 하류도 아니라, 아마 중류 어딘가쯤' 흐를 듯한 피아노 솔로가 시작된다.

　열여섯 마디 굽이를 고고히 돌며 멜로디가 흐른다. 그날그날 다른 피아노의 물결에 몸을 맡기고 나도 함께 흘러간다. 내가 부른 1절에 대한 강물 같은 그의 답가를 들으며 아주 낮게 허밍을 해본다. 다만 조금의 거스름도 없도록, 최대한 작은 소리로.

공연 전, 이번에도 어김없이 그에게 새 악보를 선사했다. 나의 마에스트로와 노래를 나눌 수 있다는 것. 오래된 악보와 새로운 악보를 함께 볼 수 있다는 것. 나란히 앉아 연필을 쥐고 변주를 조율할 수 있다는 것. 이 모든 게 축복이다.

그는 언제나 악보를 한 무더기 가지고 공연장에 나타난다. 처음 만났을 때부터 지금까지 함께 연주한 악보를 거의 다 갖고 오는 것이다. 켜켜이 쌓인 시간만큼 두툼해진 악보 더미 속, 갖가지 다른 종이에 적고 지우고 다시 적어 넣은 약속들. 변주와 편곡의 지층이 고스란히 남은 낡은 악보는 우리가 함께 나눈 시절의 증명사진이 되었다.


무대에 서면 아무도 보이지 않는다. 나는 어두운 객석을 망망히 보며 노래를 건네고, 노래가 끝나면 보이지 않는 박수가 몰려든다. 노래를 붙들고 셋리스트를 건너가는 일은 때론 위태롭다. 무엇이라도 '의식'하는 순간, 여지없이 음악이 휘청거린다. 노래는 단차 없이 흘러야 한다. 아니면 흐르는 척이라도 해야 한다.

소리 장막에 둘러싸인 무대는 검고 어두운 방이다. 이 방의 시간은 초월적이다. 시간은 결코 과거에서 미래

로만 흐르지 않으며, 파지把持, retention와 예지豫持, protention
로 이어진, 과거와 미래 그 너머에 속한다.

"음악인에게는 네 개의 방이 있습니다."

베이시스트 앤서니 잭슨Anthony Jackson은 그런 말을 했
다. 그가 말한 네 개의 방 가운데, 첫 번째 방에 있으면
아무것도 모른다. 음악이 뭔지, 악기가 뭔지도 모르기에
내가 '모르는' 것조차 '모른'다.

두 번째 방으로 가면, 그때는 '모른다'는 사실을 '알
게' 된다. 그래서 모르는 걸 알고 싶고, 학습하고 연습도
한다. 그러다 세 번째 방으로 들어서면, 내가 '무엇을 아
는지'를 비로소 '알게' 된다. 아는 것이 많아질수록 '알고
있다'는 사실도 잘 '알게' 되는 것이다.

그러다 마지막 방에 들어가면, 그때는 '알고 있다'는
사실을 다시 '모르게' 된다. 무엇을 알고 있는지 그 자체
를 의식하지 못할뿐더러, 그럴 필요도 사라진다.

무대에도 네 개의 방이 있다. 시공간을 뛰어넘는 네
개의 방을 우리는 수시로 오가며 노래하고 연주한다.

첫 번째 방에선 아무것도 모른다. 두 번째 방에 들어
가서야 노래에 대해 모르는 게 얼마나 많은지를 깨닫게
된다. 시간이 쌓이면 세 번째 방문이 열리고 그때는 노
래를 '알게 되었다'고 느낀다. 그런데 그때, 노래가 나를

끌어당긴다. 나는 '끄달리고', 파묻힌다. 혹은 침잠한다.

네 번째 방에서는 모든 게 사라진다. 방에 들어가는 순간, '틀림'은 존재하지 않는다. '옳음'이 없기 때문이다. 그래서 끄달리거나, 파묻혀 허우적댈 일도 없다. 아무리 노래가 나를 잡아당겨도 유연하게 밀쳐낼 수 있다. 그냥 흘러가면 된다.

우리는 오직 두 개의 방—첫 번째 아니면 네 번째 방에서만 자유롭다. 내가 무대에 오르기 전 올리는 기도는, 오직 하나를 위한 것이다. 무대에서 네 번째 방에 들어갈 수 있기를. 그리고 그곳에 오래 머물 수 있기를.


셋리스트에 올려둔 노래가 하나둘 꽃잎처럼 지고, 마지막 곡을 앞둘 때면 벌써 첫 곡을 부르던 순간이 그리워진다. 셋리스트에 적힌 마지막 곡은 그와 내가 처음으로 함께 만든, 우리의 노래다.

피아노 인트로로 노래가 시작되고, 1절이 끝나면 남국의 바다 같은 간주가 흐른다. 그리고 어느덧 2절의 끝에 다다른 나는 이렇게 노래한다.


나는 가진 것도 별로 없는데 / 무얼 놓지 못해 주저하는지 / 오늘 밤 이렇게도 / 하루를 마치고 / 노래

할 수 있어 / 정말 감사합니다*

    짧은 두 번째 간주가 끝나고, 마지막 가사 한 줄이 흘러가면,

노래할 수 있어 / 감사합니다

    노래를 듣던 피아노가 전주의 모티프를 한 번 더 새기고, 기타는 빠르고 여린 아르페지오로 소리를 더한다. 서서히 리타르단도 되다 마지막 코드 Emaj 그리고 별빛 같은 하모닉스와 함께 노래는 기타의 열두 번째 프렛에서 끝난다. 아직 불이 켜지지 않은 객석에서 긴 박수가 터져 나온다.

    공연은 두 번 끝난다. 셋리스트에 올린 연주를 모두 마치면 일단 끝나지만, 커튼콜과 함께 부활한다. 마지막일지라도 마지막이 아니라는 사실, 끝났지만 끝나지 않았다는 조촐한 위로다.
    객석은 아직 어둡다. 공연은 끝나지 않았으며, 아직

---

*   루시드폴 〈어부가〉.

노래가 남아 있음을 알려주는 오랜 복선이다. 우리가 무대를 떠난 뒤에도 박수는 끊이지 않는다. 끝났으나 끝나지 않은 '사이의 시간'에 서서, 커튼콜을 들으며 우리는 짧은 소회를 나눈다.

그는 언제나 "오늘 너무 좋았어요."라고 말한다. 나도 때론 들뜬 표정으로 "정말 좋았어요."라며 화답하지만, 성에 차지 않은 날에는 아쉬움도 토로하면서 짧은 휴식을 누린다. 그리고 스태프의 사인에 맞춰 다시 무대로 나간다.

두 번째 마지막 곡은 〈고등어〉다. 원곡과 달리 나는 그와 열여섯 마디씩 솔로를 주고받는다. 공연 전체를 통틀어 선율을 주고받는 거의 유일한 시간이다.

느슨하고 단순한 곡이라 솔로만큼은 서로 방해하지 않는 범위에서 기분에 따라 변주를 한다. 텐션 음을 뿌리고, 박자를 밀고 당기고, 스케일에서 빠져나갔다 들어오고. 하지만 무엇을 하든, 나는 그에게 맞추고 그는 나에게 맞춘다.

서른두 마디의 말 없는 대화가 끝나면 노래는 2절로 이어진다. 그리고 페르마타. 피아노는 Emaj 강에 놓인 멜로디를 혼자 건너다가 마지막 돌다리에서 기타를 만나 올림솔G#의 여운 속으로 함께 흩어진다. 피아노 페달에서

무대의 시간

발이 떨어지는 순간, 덜컹 하는 소리 뒤로 남은 침묵. 우리는 한 번 더 눈빛을 주고받는다. 깊고 짧은 이 침묵은, "감사합니다."라고 말하는 내 목소리와 함께 사라진다. 그리고 터져 나오는 박수. 순식간에 불이 켜지는 무대.

더 이상 무대는 검고 어두운 방이 아니다. 조명이 켜지고 사람들이 환호하고 플래시가 터지는 마루 위에서 나는 그와 마지막 인사를 나눈다. 사람들이 쏟아내는 박수는 이제 음악이 아닌, 포옹이다. 함께한 모든 이를 어루만지는 뜨거운 포옹.

백스테이지로 돌아가는 길은 더 이상 외롭지 않다. 우리만의 네 번째 방에서 함께 숨 쉬던 꿈같은 시간은 끝났지만, 곧 찾아올 또 다른 무대의 시간을 이미 꿈꾸고 있으니까. 그리고 혼자 올라온 이 무대를, 이젠 모두가 함께 내려가고 있으니까.

비단에 수를 놓듯[*]

짙푸른 하늘에 커다랗게 뜬 달 아래로 승준과 윤이 걸어간다. 승준은 스마트폰을 든 손을 허공에 젓는다. 천천히. 아주 천천히. 한 줄기 바람이라도 낚으려는 듯 손을 흔들고 있다.

곁에 있던 윤도 샷건 마이크를 움켜쥔 손을 움직인다. 입을 꼭 다문 채 껑충한 갈대밭에 몸을 숨긴 그들은 무얼 찾는 걸까.

그들은 노래를 찾는다. 그것도 사랑 노래다.

새의 세레나데가 이곳을 구원할지 모른다는 희망. 좀처럼 보기 어려운 쇠검은머리쑥새가 돌아올지 모른다는 희망. 그러면 갯벌도 다시 숨을 쉴지 모른다는 간절한 희망으로, 그들은 잠든 갯벌에 서 있다.

비단에 수를 놓은 듯 아름다워 수놓을 수, 비단 라, '수라'繡羅라 불린 마을 근처에 작은 갯벌이 있다. 새만금 사업이 시작되고 다들 사라졌다고 생각했던 이 수라 갯벌은 놀랍게도 아직 살아 있었다. 살아 있을 뿐 아니라 여전히 누군가에겐 삶의 터전이고, 많은 이들이 싸우고 있는 전장이기도 하다.

• 이 글에는 영화 〈수라〉에 대한 스포일러가 포함되어 있다.

17년 전, 정부는 세계에서 가장 긴 방조제를 만든다며 멀쩡한 갯벌에 30킬로미터가 넘는 방조제를 지었다. 콘크리트 담을 두르자 더 이상 바닷물이 드나들 수 없게 된 갯벌은 점점 말라갔다.

어느 날 갯벌에 큰 비가 내리는 순간을 지켜본 동필은 그날의 얘기를 하다 눈시울이 붉어진다.

더 이상 바닷물이 들지 않는 갯벌에 사는 수많은 생물들은 대체 언제 바다가 올지 기다리며 펄 속에 숨어 있었다. 그리고 큰 비가 쏟아지던 날, 마침내 펄 밖으로 나왔다.

'바다가 왔어.'

아마도 그런 심정이었을 거라며 동필이 말을 이었다. 조개도 게도 고둥도 애타게 기다리던 바다를 맞으러 나왔지만, 그들이 그토록 기다리던 바닷물이 아니었다.

빗물이었다. 빗물에는 그들을 위한 빛도 소금도 없었다. 갯벌에는 허망한 민물만 가득 고였고, 그들은 비를 맞으며 죽어갔다. 갯벌도 그들을 따라 죽어가고 있었다.

그레*를 끌고 조개를 캐던 사람들도 모든 걸 잃었다. 한때는 밤마다 조개 캐는 꿈을 꾸었다는 어느 어민은 이제 꿈도 잘 꾸어지지 않는다며 담담하게 말했다. 평생

비단에 수를 놓듯

온몸으로 바다를 살던 사람들이 지금은 마른 땅에서 풀을 뽑으며 공공 근로자로 살아간다. 그걸로도 모자랐을까. 남은 이 작은 갯벌마저 메워 공항을 짓겠다는 끔찍한 계획이 세워지고 있다.

어릴 적부터 아빠를 따라 수라 갯벌의 생태를 관찰하고 기록해온 꼬마 승준은 어엿한 생물학도가 되었다. 그는 여전히 이곳을 기록하며 갯벌을 떠나지 않는다. 갯벌은 그의 놀이터이자 학교, 전쟁터이자 삶 그 자체다.

동필과 그의 아들 승준은 어느 날 군산에 사는 아이들을 데리고 갯벌로 갔다. 두 부자에게는 앞뜰이나 다름없는 갯벌을 만난 아이들은 너 나 할 것 없이 바다와 하나가 되어 놀았다. 아이들 모습이 스크린을 가득 채우고, 나도 어릴 적 놀던 바다와 갯벌이 생각났다.

나의 외갓집은 갯벌과 논밭을 한데 품은 마을에 있었다. 그런데 몇 해 전 들른 그곳은 몰라보게 달라져 있었다. 폐선이 된 철길은 포장도로로 바뀌었고, 하나뿐인 가게였던 구판장은 아무도 돌보지 않는 폐가로 변해 있었다. 들깨와 방아가 촉촉이 피어나던 논두렁은 말라 있

●  갯벌에서 조개를 캐는 데 쓰는 재래식 도구.

었고 무논에는 하나같이 비닐하우스가 들어섰다.

갯벌은 거의 남아 있지 않았다. 그 고운 갯벌 위로 땅을 메워 관광 도로를 깔았고 길가에는 횟집과 펜션이 즐비했다. 알록달록 화장을 한 오색 차벽을 따라가며 아무리 둘러봐도 어디가 어딘지 알아볼 수 없었다. '빤재이'라 불리던 작은 게가 살던 갯벌. 발이 쑥쑥 빠져서 신발을 손에 들고 엉금엉금 걸어야 했던 갯벌. 발을 디딜 때마다 종아리를 쓰다듬던 그 고운 갯벌은 더 이상 없었다.

그곳 사람들은 갯벌을 '개-'라고 불렀다.

"어데 가노?"

"개-에."

길에서 만난 이웃과 할머니가 주고받는 인사는 이런 식이었다. 할머니는 그 '개-'에서 조개와 굴을 캤다. 할아버지가 지게 한가득 굴을 담아 와 마당에 부리면 할머니와 큰이모는 '쪼시개'라 부르는 연장으로 하루 종일 굴을 깠다. 요즘 흔히 보는 봉지 굴과 달리 엄지손톱만큼 작디작은 굴이었다.

굴은 바다의 젖이었다. 갯벌은 해마다 알차게 젖줄을 채워 겨울이 오면 마을 사람들에게 아낌없이 나눠주었다. 칼바람 부는 겨울날, 할머니가 건네준 굴은 어린 입맛에는 짜기만 할 뿐이었지만, 어서 어른이 되고 싶던

비단에 수를 놓듯

나는 맛있다는 듯 아기 새처럼 받아먹었다.

할머니는 일요일마다 삼천포 장에 가서 굴을 팔았다. 버스도 오지 않는 마을이라 해가 뜨기도 전에 대야를 이고 큰길까지 걸어가셨다. 당신이 없는 일요일 아침은 햇살도 늦잠을 자는 것만 같았다. 온 집 안이 그렇게 어두울 수가 없었다. 그러다 점심 무렵 우리에게 줄 먹거리를 사서 돌아오는 할머니의 발걸음 소리가 들리면, 그제야 느지막이 해가 떠올랐다.

그때도 엄마와 삼촌들은 바다가 변했다고 했다. 남강에 댐을 지으면서 더 이상 예전처럼 물고기도 잡히지 않고, 조개도 사라졌다는 것이다. 강과 바다가 만나야 물고기가 모일 텐데, 강물이 내려오지 않으니 모두 떠났다고 토로했다.

하지만 그때만 해도 갯벌은 살아 있었다. 아주 먼 옛날만큼은 아닐지 몰라도 조개와 굴이 있었고, 말미잘과 고둥도 많았다. 겨울이면 오리 떼가 찾아와 넉넉히 배를 채울 만큼, 지금처럼 목이 졸린 바다는 아니었다. 고깃배가 대야 한가득 전어를 채워 선창으로 돌아오면 온 마을 사람들이 다 같이 잔치를 하던, 여전히 풍성한 바닷가 마을이었다.

어른이 된 지금 나는 외갓집 마을을 닮은 바닷가에 산다. 이곳에 살며 크게 바뀐 게 있다면 새들과 가까워졌다는 것이다. 철마다 다른 새를 만나고 지켜보는 건 어느덧 삶의 일부가 되었다. 백로와 왜가리도 구별 못하던 내가 이제는 노랑부리백로와 중대백로를 구별할 줄 안다.

영화 속 윤은 군산으로 이사 온 뒤부터 오가는 새를 통해 계절을 느끼게 되었다고 말한다. 나도 그렇다. 장끼가 홰치는 소리를 들으며 봄을 느끼고, 두견이 소리가 들려오면 여름의 문턱을 본다. 오래된 포구 전봇대에 물수리가 앉아 있으면 비로소 '겨울이 왔구나.' 실감하게 된다.

탐조 수업을 듣기도 했다. 우리의 새 선생님은 슬픈 얘기와 재미있는 얘기를 함께 들려주셨다.

환경부는 많은 도요새를 보호종에서 제외했는데, 그 이유는 개체 수가 늘어서가 아니라 갯벌을 개발하는 토목 사업에 방해가 되기 때문이라고 한다. 그런가 하면 갯벌에 사는 물새들은 어민이 다가가면 달아나지 않아, 선생님은 탐조를 할 때면 언제나 조개를 잡는 어민 근처로 먼저 간단다.

갯벌에 사는 생물들이 얼마나 대단한지도 배웠다.

갯벌은 여기저기에 구멍을 내며 사는 칠게 덕분에 산소가 풍부해져 썩지 않는다. 큰뒷부리도요는 지구 반 바퀴, 그러니까 무려 2만 9천 킬로미터를 여행하는 어마어마한 탐험가다. 나는 몇 달에 걸쳐 그런 얘기들을 듣고 배웠다.

방조제가 세워져 황폐해진 새만금 갯벌의 넓이는 서울의 3분의 2에 달한다. 그곳에 살던 새의 개체 수는 20만 마리에 가까웠지만, 사업이 시작된 지 불과 2년 만에 4분의 1로 줄었고 지금은 몇 천 마리 수준에 지나지 않는다. 붉은어깨도요는 멸종위기종이 되기에 이르렀다.

작고 위대한 여행가 도요새 떼가 일으키는 바람 소리. 먹이를 찾고 사랑을 하고 누구도 해하지 않으며 머물다 지나가는 철새와 나그네새. 땅의 백합꽃만큼이나 아름다운 바다의 백합조개. 농게와 칠게. 뒷부리도요. 흰물떼새. 검은머리갈매기의 둥지. 애타게 새끼를 찾는 검은머리물떼새 부부. 분홍빛 해홍나물. 연둣빛 퉁퉁마디.

붉은 노을을 뒤로한 저어새가 부리를 휘휘 저으며 물고기를 찾는 모습. 흰발농게가 보글보글 거품을 내며 빼꼼히 눈을 내민 모습. 눈도 뜨지 못한 어린 쇠제비갈매기의 모습. 그리고 대사도 음악도 없이 한참을 부감俯

瞰으로만 보여준 광활한 갯벌의 모습.

그 장면을 보고서, 나는 왜 그렇게 눈물이 났을까.

"아름다운 것을 본 것. 그게 죄였을까요."

20대, 30대를 지나 40대가 된 지금까지 한결같이 갯벌을 지켜온 동필이 허탈한 듯 말했다.

그리고 그게 정말 죄라면, 자신은 그 원죄로 이제 여기를 떠날 수 없다고 이야기한다.

영화는 아름다운 자연만큼 아름다운 사람들을 비춘다. 동필과 같이, 다만 아름다운 것을 보고 겪었다는 '원죄'로 갯벌과 하나가 되는 길을 선택한 이들. 온몸으로 겪은 아름다움을 지키기 위해 그들은 관객을 향해 끊임없이 말을 건넨다. 여기, 아름다운 것들이 있다고. 여기는 아직 살아 있다고. 우리는 결코 갯벌을 포기하지 않는다고.

그들의 노력으로 그나마 하루에 두 번, 바닷물이 갯벌로 들어올 수 있게 되었다. 10년 넘게 바싹 말라 있던 곳에 비록 미미하지만 바닷물이 들자 조금씩 갯벌이 살아났다. 물새가 돌아와 둥지를 짓고 사랑을 하고 새끼를 낳았다. 마른 펄밭에 멸종위기종 흰발농게가 다시 모습

비단에 수를 놓듯

을 드러냈다. 긴 형극의 시간을 버티고 살아낸 것이다.

그렇게 생명을 회복해가는 갯벌에 공항을 짓는 건 그들에게 두 번째 사형선고나 다름없는 일이다. 갯벌을 지켜내려는 사람들이 모인 자리에서 승준이 아이디어를 냈다. 수라 갯벌에 멸종위기 생물이 살고 있다는 증거를 보여준다면, 어쩌면 이 사업을 막을 수 있을지도 모른다는 것이다. 멸종위기 생물이 사는 곳에는 법적으로 토목 공사를 할 수 없기 때문이다.

그는 멸종위기종 2급인 쇠검은머리쑥새가 이곳에서 번식하는 증거를 찾아내겠다고 말했다. 번식 철에 수컷이 암컷을 부르는 연가를 녹음하겠다는 것이 그의 서원誓願이었다. 그리고 그는 마이크와 녹음기를 들고 갯벌로 나섰다. 영화의 또 다른 제목이 〈수라: 사랑 노래Sura: A Love Song〉인 이유다.


장마철이다. 며칠째 비가 이어지고 과수원은 온통 풀 천지다. 돌아볼 때마다 한 뼘씩 풀이 자라난다는 이 계절의 원기를 나처럼 미약한 농부는 이겨낼 재간이 없다. 짙은 땅심으로 가득 찬 과수원을 보며 처음 마주했던 이곳 풍경을 떠올려본다.

수십 년 넘게 관행 농법으로 유지된 이곳의 첫인상

은, '이상하다'였다. 땅에 풀이라고는 한 포기도 없었으니까. 검은 흙과 바위, 이끼만 드문드문 보일 뿐, 흙을 한 줌 떠서 코에 갖다 대도 아무런 향기가 나지 않았다.

'풀이 자라지 못하는 땅도 있는 걸까.'

그런 생각이 들 만큼 땅은 바싹 말라 있었다.

모든 생물이 그렇듯 지구도 맨살이 드러나면 안 된다. 그래서 땅이 파헤쳐지면 반드시 풀이 자라난다. 피딱지가 생겨 피부를 보호하듯, 풀과 나무가 돋아나 지구의 살갗을 보호해주는 것이다. 그런데 그때 여기는 단 한 포기의 풀도 보이지 않았다. 물론 제초제 때문이다.

친환경 농사를 시작하고 해가 거듭될수록 차츰 땅이 변하는 게 보였다. 처음 1, 2년 동안에는 척박한 땅에서 자라는 개망초만 무성했지만, 시간이 흐르자 감당할 수 없을 만큼 다양한 풀이 한가득 땅을 메웠다. 그리고 지금은 언제 그랬냐는 듯 빼꼼한 틈 하나 없이 온갖 풀이 과수원을 찾아온다.

마치 박물관에서 해마다 다른 전시를 열 듯, 과수원의 식생도 매년 달라진다. 지난해에는 강아지풀이 넘쳐났던 땅에, 올해는 늦봄부터 분홍빛 여뀌가 피어나고, 여름에는 달개비 천지가 되었다. 제초제와 농약으로 메말랐던 땅은 10년도 지나지 않아 역동적인 공간으로 거듭

비단에 수를 놓듯

났다.

이 거대한 힘을 느낄 때마다 나는 좌절하면서도 겸허해진다. 땅에 무릎을 꿇고, 머리를 숙이고 싶어진다. 자연은 느리지만 강하고, 여린 듯해도 너무나 굳세다. 인간은 저마다의 이익과 논리로 자연을 괴롭힐지 몰라도, 자연은 그런 이유로 인간을 괴롭히지 않는다. 그리고 우리가 자연을 포기하지 않는 한, 자연도 인간을 포기하지 않는다.

영화가 끝날 무렵, 내레이션을 맡은 윤이 담담하게 말했다.

"승준은 쇠검은머리쑥새의 노래를 녹음할 수 있었다."

영화관 문을 열고 나올 때 하늘은 여전히 밝았다. 비가 멎고, 붉게 물든 하늘 아래로 운동장을 걷는 사람들이 보였다. 습습한 장마 냄새가 밀려왔다. 숨을 들이쉬자 비릿한 비 냄새가 온몸에 퍼졌다. 세상이 더 선명해진 것 같다. 더 또렷하게 사람이 보이고, 하늘이 보이고, 나무가 보인다. 너무 울어서, 오랜만에 흘린 눈물이 눈을 씻어준 걸까.

나는 다시 영화관으로 들어갔다. 사진이라도 한 장 남

겨두고 싶은데, 어디에도 포스터는 걸려 있지 않다. 아쉬운 마음에 예매 키오스크 앞에서 사진 몇 장을 찍었다. 영화 속에서 동필이 갯벌을 보며 쑥스러운 듯 "수라야." 하고 '이름'을 부르다 목이 메던 장면이 떠오른다. 말 없는 갯벌 친구에게 이름을 붙여주고, 그 이름을 다정히 불러주던 장면을 한 번 더 보고 싶은데, 영화는 여기서 더 이상 상영되지 않는단다.

영화관을 나서며 나는 문득 깨달았다. 세상이 더 또렷이 보이는 이유. 그건, '아름다움' 때문이라는 걸.

아름다움만으로 세상을 구원하는 건 불가능할지 모른다. 하지만 아름다움은 말없이 세상의 먼지를 닦아준다. 빗물이나 바닷물처럼, 세상을 쓰다듬고 씻어준다.

왜 그렇게 눈물이 났는지 정말 알 것 같다. 스크린을 조용히 채운 수많은 아름다운 이들. 참되고, 선하고, 아름다운 존재들. 그들을 보는 것만으로 나도 잠시 아름다워질 수 있다는 걸, 몸이 먼저 알았던 거다.

살아 있음을 한껏 축복했던 어느 가수의 노래처럼, '삶은 아름다운 것 / 정말 아름다운 것이라고 / 살아간다는 건 / 행복해지기 위해 / 부끄러워하지 않는 거라고 / 끝없이 깨닫는 이 아름다움을 / 노래하고 / 노래하고 / 또 노래하는 것'이라고,* 나도 그렇게 노래하며 살고

비단에 수를 놓듯

싶다. 아름다운 갯벌과 갯벌의 아름다운 친구들을 떠올리며, 세상이라는 이 험하고도 아름다운 비단에 수를 놓듯 한 땀 한 땀 노래를 남기고 싶다.

마침내, 쇠검은머리쑥새가 승준에게 다가와 노래를 불러주었듯 내 노래를 기다리는 이들에게 언제라도 다가가고 싶다. 그리고 만일 언젠가 동필을 만나게 된다면 꼭 이렇게 말해주고 싶다. 아름다운 것을 본 건 죄가 아니라고. 그건 축복이라고. 아름다운 당신들을 만나 나는 오늘 너무나 커다란 축복을 받았노라고.

---

* 곤자기냐Gonzaguinha 〈뭐지, 뭘까?O que é, o que é?〉.

음악의 맛

'작곡'이라는 말을 떠올릴 때, 사람들은 '영감'이나 '악상'과 같은 단어를 함께 떠올릴지도 모르겠다. 고뇌하는 표정으로 머리를 쥐어뜯다 무언가에 홀린 듯 악보에 음표를 그려 넣는 작곡가의 표상과 함께 말이다.

'영감'이라는 말에는 '주다' 혹은 '받다'라는 동사가 자주 따라붙는다. 그러니까 누군가가 준 영감을 음악가가 받고, 그로 인해 음악이 '다가온다'는 의미다. 그런데 나는 음악이 나에게 먼저 다가온다는 인상을 좀체 받아본 기억이 없다. 나는 늘 음악을 먼저 찾아간다.

나라는 음악인은 심마니와 닮았다. 어디 있을지 모르는 산삼을 찾아 온 산을 헤매는 심마니. 곡 하나를 망태기에 담으려 심심산골을 기약 없이 헤매는 사람. 나는 그런 음악인이다.

그런 나에게 악상은 '떠오르는' 것이 아니라 '캐내는' 것, 운이 좋다면 '마주치는' 것에 가깝다. 그래서 나는 영감이라는 단어보다 '착상'이라는 말을 더 좋아한다. 나는 머리에 떠오르는 추상을 화폭에 옮기는 화가보다, 주방에서 재료와 도구로 레시피를 찾아가는 요리사에 더 가까운 음악인이다.


요리사가 온갖 조리 도구로 요리를 하듯, 음악가도

자신만의 연장으로 음악을 만든다. 레시피 하나를 개발하기 위해 수많은 시행착오를 겪듯, 음악가도 몸과 마음의 모든 연장을 동원해 소리를 찾아 헤맨다. 그 연장은 악기일 수도 있고, 컴퓨터나 그루브 박스, 테이프 레코더, 스마트폰이 될 수도 있다. 물론 연필이나 종이 같은 고전적인 것들도 있다.

요리사가 장에서 식재료를 고르는 건, 음악가가 소리를 고르는 것과 비슷하다. 누군가 기른 재료로 요리와 음악을 만들 수도 있지만, 성에 차지 않으면 직접 재료를 키워내는 것 역시 똑같다. 어느 경우든 재료가 가장 중요하기에, 신선하고 건강한 식재료가 음식 맛을 결정짓듯이 소리 재료가 좋으면 음악의 '맛'도 걱정할 필요가 없다.

요리사는 머릿속에 떠올린 레시피에 맞춰 재료를 다듬는다. 그리고 어떤 도구와 어떤 방식으로 요리하느냐에 따라 음식의 운명도 정해진다.

음악 역시 그렇다. 곡에 맞게 준비한 소리를 다듬고 섞어 음악을 만드는데, 그렇게 소리를 요리하는 일을 믹싱mixing이라고 부른다. 말뜻대로라면야 그저 '섞는다'는 의미이지만, 실은 매우 창의적인 과정이다.

어떤 소리는 서로 잘 섞여야 듣기에 좋지만, 또 어떤 소리는 뒤섞이지 않아야 곡이 산다. 그리고 듣는 이의 귀 사이에 놓인 소리 마당에 어떻게 소리를 펼쳐놓을지, 얼마나 크게 혹은 작게 혹은 커졌다가 작게 소리를 매만질지, 이 모든 의사 결정에 따라 소리는 표정을 얻고, 그 표정이 듣는 이의 감정선을 건드린다.

믹싱을 마친 음식이 하나하나 모이면 '음반'이라는 코스 요리가 된다. (물론 단품 요리도 있다. 이를 '싱글'이라 부른다.) 다만 한 가지 과정이 더 남았다. 마스터링 mastering이라 불리는 단계인데, 요리사가 테이블에 음식을 내놓기 직전 마지막 한 꼬집 간을 맞추거나, 향신료와 고명을 뿌려 비로소 요리를 '완성'시키는 단계와 비슷하다. 또한 얼마만큼의 양을, 어떤 그릇에 담아 내놓을지를 결정하는 순간이기도 하다.

마스터링 엔지니어는 믹싱된 곡을 듣고 마지막 맛의 향방을 정한다. 하지만 과해서는 안 된다. 마스터링의 목적은 어디까지나 믹싱의 의도를 살려 최소한의 작업으로 최대한의 풍미를 더하는 데 있다.

믹싱이 아주 잘되었다면 딱히 많은 일을 할 필요가 없다. 요리를 잘했다면 적당히 덜어 담기만 해도 멋진 작품이 되는 것과 같다. 다만 반대의 경우라면 마스터링 엔지니어의 어깨가 무거워진다. 요리사는 이미 떠났고 어떻게든 맛을 살려내야 하니 말이다.

몇 년 전 일본의 한 스튜디오에 마스터링을 하러 간 적이 있다. 당시 나의 앨범을 마스터링한 엔지니어는 마스터링 콘솔 앞에서 "스시 같은 믹싱이네요."라고 말했다. 나는 그 말이 좋았다. 진한 양념을 뿌리거나 과한 맛을 내세운 음악이 아니라, 재료의 맛에 의지하는 음악이라는 것. 그러니 마스터링 역시 그 맛을 최대한 존중하고 살리는 방향으로 해보겠다는 의미로 들렸기 때문이다.

지금 나는 새 음반을 만드는 중이다. 작곡과 녹음, 믹싱을 끝내고 예전부터 함께 작업해온 엔지니어 슈테판 마티외Stephan Mathieu에게 마스터링을 부탁했다. 그는 주로 앰비언트와 일렉트로어쿠스틱 음악electroacoustic music, 실험 음악을 마스터링하는 엔지니어인데, 음악가이면서 음반사 대표이기도 하다.

'귀가 싱싱할 때 듣고 코멘트해주길.'

슈테판이 보낸 메일을 읽고, 나도 모르게 피식 웃었다. 귀가 '싱싱할' 때 들어보라는 말에 괜히 귀도 한 번 만져본다. 1년 넘게 같은 음악을 들어온 내 귀는 어쩌면 전반전, 후반전을 지나 연장전을 뛰는 축구 선수의 다리 같지는 않을까. 음악인의 귀는 쉴 틈이 없다. 쉴 틈도 없을뿐더러 해줄 수 있는 걸 찾기도 어렵다. 충분한 휴식. 귀가 원하는 건 그게 전부인데, 귀로 사는 음악인은 귀를 가장 소외시킨다.

새벽은 귀가 가장 '싱싱할' 때다. 5시가 조금 넘은 시각, 아무도 없는 바닷가로 간다. 주차장에 차를 대고 간밤에 슈테판이 보낸 마스터 음원을 틀었다. 한 곡씩, 일정한 음량으로 들으며 걷는다. 듣다가 조금이라도 이상한 소리가 들리면 화들짝 놀라 재빨리 음악을 뒤로 돌린다.

그리고 다시 들어본다. 뭐라도 귀에 '걸리는' 것이 있으면 바로 판단해야 한다. 괜찮은 건가. 문제가 있나. 넘어갈 건가. 고칠 건가.

마음은 급하고, 날이 밝는 속도만큼 귀도 무뎌져간다. 너무 저음이 많은가. 아니, 이 정도면 괜찮아. 7kHz 근방에 공명이 들려. 저 정도면 괜찮은데? 아니야. 괜찮다고. 아니라고.

실타래처럼 생각이 얽혀 도저히 판단을 못 내리겠다. 넘어갈까? 안 돼. 후회할까? 그러니까 안 돼. 슈테판이 알아서 마무리했을 텐데. 아니, 마스터링 엔지니어는 적극적이지 않아. 돌려보내자. 그냥 그만할까. 아니야, 이대로 낼 수는 없어.

머릿속으로 온갖 다툼을 벌이는 사이, 곰솔나무 위로 쩅하게 해가 떠오르고, 푹푹 찌는 한여름 아침이 밝아온다.


음악은 몸 구석구석이 따로, 또 같이 겪는 참 복잡한 경험이다. 음반 하나를 마무리할 무렵이면 음악을 들을 때마다 몸 곳곳에서 소리가 들린다.

'좌우 밸런스가 맘에 안 들어.'

머리가 말한다.

'80에서 100Hz 근처가 아래에 걸렸어.'

목이 말한다.

'7분이 넘으면 힘이 빠지는데?'

아랫배가 말한다.

이렇게 한마디씩 거들고 나서면 어디로 도망이라도 치고 싶은데, 어차피 내 몸이라 다 따라올 테니 갈 곳도 없다. 그럴 때 나는 일단 동네 목욕탕으로 피신한다.

체온과 비슷한 38도 안마탕에 멍하니 앉아 있으면, 폭포처럼 떨어지는 물소리에 다른 소리가 묻혀 그나마 잠시 귀가 쉴 수 있다. 그렇지만 그마저 어떨 땐 소용이

음악의 맛

없다. 마치 저 멀리서 세신사 아저씨가 나를 휙 돌아보며 말을 건넬 것만 같다.

'어이 삼춘. 네 번째 곡 끝에만 한 2dB 정도? 볼륨을 올려봐서.'

결국 나는 마스터링을 엎어버렸다. 슈테판이 마지막 간을 다 보고 고명도 올리고 맛있게 덜어서 담아놓은 상을, 그대로 물린 것이다. 한두 꼬집 양념이나 근사한 가니시를 보탠다고 요리가 바뀔 것 같지 않았다. 나는 다시 메일을 썼다.

'슈테판. 정말 미안한데, 새로 믹싱해서 보낼 테니 지금까지 한 건 없던 걸로 하자. 너른 마음으로 이해해주길. 윤석.'

이러기를 벌써 네 번째. 나는 오늘도 어지러운 몸과 마음을 챙겨 오두막으로 향하고 있다. 오두막에 갈 땐 아이스박스를 꼭 챙겨야 한다. 꽁꽁 얼린 아이스 팩을 한 묶음 꺼내 컴퓨터 밑에 넣어두어야 하기 때문이다. 실내 온도가 40도에 육박하는 이런 날, 아이스 팩 없이 '요리'를 하다 보면 컴퓨터도 뻗어버린다.

아이스 팩 위에 랩톱컴퓨터를 올리고, 믹서와 녹음

장비 전원을 하나씩 켠다. 나도, 나의 연장들도 온몸으로
다시 요리를 시작한다.

첫 곡은 아예 멜로디부터 고칠 것이다. 그리고 호흡
이 너무 길다. 익숙한 조율의 '맛'과 낯선 조율의 '맛'을
오가는 주기를 어떻게 맞출까. 협화음에서 불협화음을
거쳐 다시 협화음으로 돌아오는 맛의 변화와 진폭이 핵
심인데, 그 리듬을 어떻게 맞추면 좋을까.

때론 나 자신을 음악에서 떨어뜨리고, 무심히 들으
려 애써본다. 그러다 조금이라도 거슬리는 소리가 '보이
면', 매의 눈으로 범인을 찾는다. 250과 300Hz 사이에서
들리는 아주 작은, 요놈 요놈 요 불쾌한 맛. 찾았다. 뒤도
돌아보지 않고 걷어낸다.

'답답해! 텁텁하다고!'

목 깊숙한 곳에서 소리가 들린다. 두 번째 곡은 80에
서 100Hz가 문제다. 슈테판에게 덜어내 달라고 부탁할
까. 그냥 내가 할까. 잘못 건드렸다 맛이 너무 가벼워지
면 어쩌지. 고민 끝에 메일을 썼다.

'일부러 손대지 않았는데, 웅웅대는 소리를 조금만
걷어주면 좋겠어. 따뜻한 맛을 해치지 않는 선에서.'

슈테판은 한 숟갈 저음을 덜어내서 다시 보냈다. 하

음악의 맛

지만 너무 조심스러웠나. 내가 원하는 만큼은 아니다. 결국 손수 리니어 이큐linear EQ를 꺼내 들고 웅웅대는 소리를 한 국자 퍼냈다.

세 번째 곡은 오래된 기기 탓에 음상에 문제가 있었다. 매번 캘리브레이션을 해도 낡은 믹서에서 나오는 소리는 정확하지 않다. 왼쪽과 오른쪽 소리 균형이 미묘하게 틀어지기도 하고, 채널마다 주파수 응답도 조금씩 다르다. 심지어 미리 전원을 켜서 워밍업을 시켜주지 않으면, 삐친다.

그럼에도 모든 것을 제어할 수 없는, 이 미궁의 상자를 나는 좋아한다. 완벽하지 않지만 완벽하지 않아서 둘도 없는 맛이 난다. 예상할 수 없는 이 이상한 맛이 좋은 걸 어쩌랴. 돌솥에 불을 때서 밥을 짓듯이 모든 걸 살피며 조심조심 지어야 하는 이 소리 밥은, 짓기에 몹시 어렵고 불편하지만 포기할 수가 없다. 맛있으니까.

100에서 200Hz 사이의 소리가 과하면 더운 날 숨이 막히듯 답답한 기운이 밀려온다. 네 번째 곡은 이 음역대가 문제다. 게다가 소리 밀도가 가장 높은 곡이라 다른 곡과 질감이 다른 것도 귀에 걸린다. 제일 진하고 센

맛이라고 해야 할까.

앞선 곡들은 향이 옅고 담백한데, 이 곡은 꼭 잣을 갈아 넣은 페스토처럼 맛이 짙다. 맛이 진하면 적게 담는 게 좋다. 나는 네 번째 곡의 음압loudness을 낮춰 다른 곡과 균형을 맞춰달라고 슈테판에게 부탁했다. 그는 반대로, 다른 곡의 음압을 높여서 거꾸로 균형을 찾아주었다. 과하지만 않다면 그래도 된다.

음반은 코스 요리이므로 첫 곡부터 마지막까지 리듬과 균형, 밀도와 서사, 작가의 의도 이 모든 게 유기적으로 이어져야 한다……

……라고 말하는 건 아주 고전적인 관점일 뿐, 요즘 나는 이렇게 생각한다. 꼭 그런 건 아니라고. 음악을 맛보는 이들이 각자 알아서 할 일이라고.

다시. 다시. 다시. 또 다시. 그리고,

드디어 정말, 진짜, 비로소 마지막 마스터 음원을 받은 새벽, 바닷바람은 유난히 시원하고 보현은 창밖으로 삐죽 고개를 내밀며 한껏 웃는다.

간밤에 잠을 잘 잤나. 좋은 꿈을 꿨나. 어젯밤까지도 전전긍긍하던 마음이 한결 누긋해졌다. 떨리는 마음으로

첫 곡을 틀었다. 그리고 첫 음이 귀로 스미는 순간,

'됐어.'

몸 어디선가 소리가 들려온다. 살았구나. 더 이상 크게 이상해질 일은, 없다. 살았다.


나는 집에 오자마자 슈테판에게 메일을 썼다. 반복된 주문과 변덕스러운 요구에 응해줘서 고맙다는 폭풍 칭찬도 잊지 않았다.

그리고 며칠 동안 앓아누웠다. 으레 겪는 일이라 익숙해질 법도 한데, 이번에도 어김없이 후폭풍이 크다. 음반 하나를 만들 때마다 온몸이 갈려나가는 것 같다.

어서, 나를 재생하고 싶다.


슈테판이 최종 마스터 음원을 보내주었고, 이제 무슨 소리가 어떻게 들린다 해도, 다 늦었다. 테이블 세팅까지 모두 마쳤으니까. 나는 비로소 완성된 한 상 요리에 이름표를 달아주고, 긴 시간 동안 붙들고 있던 맛을 하나씩 음미해본다.

일찍 깨어난 새들과 매미 소리가 음악의 틈새로 뒤섞여 들려온다. 무엇이 음악이고 무엇이 음악이 아닌지 분간하기 어려운, 한여름의 하모니. 성긴 소리 틈으로 의

도한 적 없는 세상의 소리가 섞여들 때면, 꼭 창문 너머로 차경借景을 하듯 또 다른 맛을 느끼게 된다.

이 맛. 내가 만든 이 맛. 지금 나만 맛볼 수 있는 바로 이 맛.

연장전까지 경기를 마친 축구 선수가 그라운드에 누워 마시는 물맛이 이런 맛은 아닐까.

완벽해지기 위해서가 아니었다. '완벽주의'라는 레토릭은 참 허망하다. 누구도 완벽해질 수 없고 그럴 필요도 없다. 내가 원하는 건 완벽한 맛이 아니다. 지금 여기서 나만이 만들 수 있는, 바로 이 맛일 뿐.


음악은 세상 어디로든 흘러간다. 그러므로 나도 모르는 누군가가 또 어디에서 내 음악을 맛보게 될지 알 수 없다. 모두가 각기 다른 풍경 속에서 음악의 맛을 보겠지. 내 음악은 어쩌면 요리가 아니라 작은 풍경 하나를 얹는 소담한 접시는 아닐까. 아니면 세상의 무수한 맛을 아주 조금 돋보이게 해줄 한 꼬집 소금은 아닐지. 무엇이면 어떨까 싶다. 지금 내가 가진 모두를 쏟아 만든 이 맛을 누군가 맛보아 준다면. 그리고 그 사소한 맛이 누군가에게 아주 작은 의미라도 될 수 있다면 말이다.


음악의 맛

《Being-with》를 위한 라이너 노트

《Being-with》는 함께 살아가는 모든 존재를 위한 찬가입니다. 수많은 이들의 소리를 재료 삼아 만든 다섯 편의 음악 모음집이기도 합니다. 사람의 소리는 물론, 바닷속 생물과 풀벌레, 미생물이 내는 소리로 만든 곡도 있고, 공사장에서 담아 온 온갖 굉음으로 만든 곡도 있습니다. 함께 살아가는 이들에게 건네는 연대의 음악도, 삶과 죽음 너머로 흩어진 영혼을 진혼하는 곡도 들어 있습니다.

《Being-with》는 크게 듣지 않아도 괜찮습니다. 있는 듯 없는 듯이, 마치 소리 향초처럼 듣는 이의 공간을 채워준다면 좋겠습니다. 그러다 누군가, 아주 적요한 곳에서 내가 만든 소리 하나하나에 귀 기울여준다면, 상상하는 것만으로도 더없이 기쁩니다. 어떻든 이 음악이 누구의 귀에도 거슬리지 않기를 바라는 마음입니다. 《Being-with》를 굳이 규정한다면 미니멀 음악minimal music이라 할 수 있습니다. 모티프motif의 '반복 없는 반복'이 앨범을 관통하는 방법론이기 때문입니다.

《Being-with》에 수록된 곡들을 소개합니다.

## 01. Mindmirror

'Mindmirror'는 '마음거울'을 뜻합니다. 나는 누구나 마음속에 거울을 품고 있다는 상상을 합니다. 마음거울이 탁하면 세상이 탁하게 보일 겁니다. 오목한 거울로 보면 세상은 오목하고, 볼록한 거울에 비친 세상은 볼록하겠지요. 현상학자들이 말하는 지향성intentionality과 비슷합니다.

〈Mindmirror〉는 스물네 개의 음으로 만든 멜로디에, 에스토니아 작곡가 아르보 패르트Arvo Pärt의 작곡 기법인 틴티나불리Tintinnabuli로 화음을 붙인 곡입니다. 곡을 이루는 여덟 마디 모티프는 처음부터 끝까지 반복되는데 아주 조금씩 그리고 끊임없이 음높이가 변해갑니다. 같은 건반을 눌러 나온 소리라 해도, 악기의 '마음거울'이 달라지면 음높이도 달라지기 때문입니다. 이는 거울이 비틀리면 거울에 맺힌 상이 비틀리는 것과 비슷합니다. 악기의 마음거울은 바로 '조율'입니다.

이 곡은 평균율을 거부합니다. 피타고라스 조율로 시작되다가 점점 다른 조율과 뒤섞이며 음가의 경계도 유유히 움직입니다. 썰물이 밀물로 변하고 다시 썰물이 되듯, 단조로 들리던 멜로디가 장조로 변했다가 다시 단조로 돌아옵니다. 그 사이에는 불협화음도 생겨납니다.

하지만 〈Mindmirror〉에는 단조와 장조의 분별이나 협화음, 불협화음의 규칙이 존재하지 않습니다. 미분 음악microtonal music이기 때문입니다. 〈Mindmirror〉의 미분음 멜로디는, 편리하다는 이유로 인간이 나눠놓은 열두 개의 음 '사이'에서 드넓은 소리의 영토를 자유롭게 훑어 갑니다.

〈Mindmirror〉는 '사이'에 대한 탐구의 결과물입니다. 또한 세상의 숱한 '사이'에 존재하는 이들—이를테면 M과 F 사이에 존재하는 L, G, B, T, Q, I, A, 혹은 그 이상+의 이들—에 대한 음악적 연대이기도 합니다.

《Being-with》를 위한 라이너 노트

## 02. Aviiir

⟨Aviiir⟩는 아주 오래 전부터 있던 음악을 샘플링해서 8배 만큼 길게 늘어뜨리고, 해체하고, 재조립해서 만든 음악입니다. 'Aviiir'는 아무 의미도 없는, 만들어낸 단어입니다. '아리아'aria를 뜻하는 영어 단어 air의 i(1) 대신 로마 숫자 viii(8)를 끼워 넣은, 말놀이라고 할까요.

⟨Aviiir⟩의 재료가 된 음악은 1942년에 야샤 하이페츠 Jascha Heifetz가 연주한 바흐의 곡 ⟨G선상의 아리아Air on the G String⟩입니다. 80년을 건너온 이 위대한 연주를, 마치 빵 반죽처럼 늘어뜨리고 주무르다 보니, 아름다운 현악기 소리가 장중한 합창단의 노래처럼 변해갔습니다. 예측하지 못한 소리의 재탄생을 바라보던 나는 엉뚱한 상상을 해보게 됩니다.

'소리도 발효되는 건 아닐까.'

빵 반죽이 부풀어 발효되며 온갖 향미가 생기듯, 소리의 시간도 부풀어 올라 전혀 다른 소리 맛이 생긴 건 아닐까. 그럴 리야 없겠지만, 그렇게 만들어진 여러 개

모티프를 하나씩 꿰어가다 보니, 원곡과 전혀 다른 스토리가 만들어졌습니다.

## 03. Microcosmo

음악가 시모어 번스타인Seymour Bernstein은 '살아 있는 존재는 모두 영혼의 저수지spiritual reservoir를 품고 있다'라고 했습니다. 그리고 그는 그것을 소우주microcosmo라고 부릅니다. 자연을 말할 때, 흔히들 광활한 바다나 울창한 숲, 강과 폭포 같은 웅대한 풍경을 가장 먼저 떠올립니다. 하지만 나는, 함께 있는 이들과 긴밀하게 이어져 있음을 느낄 때, 비로소 '자연' 혹은 '자연임'을 경험합니다.

〈Microcosmo〉는 수중 마이크hydrophone로 녹음한 바닷속 소리로 시작됩니다. 이어지는 곡의 뼈대는 1/4인치 릴테이프에 녹음한 로즈Rhodes 피아노 소리인데, 40년 가까이 독일 어느 공장에 잠들어 있던 오래된 녹음기로 녹음한 것입니다. 소리를 녹음한 테이프를 일일이 면도칼로 잘라 끝과 끝을 이어 루프로 만들었습니다. 이는 60년대 미니멀리스트들의 작업 방식과 비슷합니다.

모든 루프는 음가도 다르고 한 바퀴 도는 데 걸리는 시간도 다 다릅니다. 태양을 도는 여러 행성처럼 각자의 리듬에 맞춰 돌다, 우연한 하모니를 만들어내는 것입니다.

루프가 돌아갈 때 손가락으로 테이프를 밀고 당기며 소리를 변주해볼 수도 있습니다. 아날로그 세계, 즉 테이프 루프로만 가능한 미묘한 '연주'입니다. 이렇게 반복 없이 반복되는 소리를 쌓고 쌓은 뒤, 재래시장에서 만난 사람들의 소리, 미생물이 발효하는 소리, 풀벌레의 합창 소리가 모여들어, 또 다른 서사를 만들 수 있었습니다.

《Being-with》를 위한 라이너 노트

## 04. Mater Dolorosa

이 곡은 2022년 제주 아트 페스타에 출품한 〈Doloroso〉를 재구성한 곡입니다. 'Mater Dolorosa'는 '고통받는 어머니'를 일컫는 라틴어 단어입니다. 당시 도록에 실린 글과, 이 책에 실린 글「모두가 듣는다」의 일부로 소개를 대신합니다.

"〈Doloroso〉는 포클레인 소리, 그라인더 소리, 철근 떨어지는 소리, 육중한 중장비 소리 등 공사장에서 채집한 굉음으로 만든 곡입니다. 제주에서 자란 어느 아이는, 제주를 떠올리면 포클레인 소리가 제일 먼저 떠오른다고 말했습니다. 제주는 언제나 공사 중입니다. 중산간도 그렇고 바닷가도 그렇습니다. 어디를 가도 피할 수 없는 개발의 소음에 고통받는 이들을 위로하는 마음으로, 공사장의 거친 소리를 모아 음악을 만들었습니다. 소리는 사실 아무 죄가 없습니다. 그러니 이 곡은 거친 소리를 강요하는 세상에 대한 음악적 저항입니다."

"자연에도 극단이 있을까. 세상에 존재하는 극단은 대부분 인간이 만든 것이다. 인간은 극단적으로 단단한 물질을 극단적으로 날카로운 도구로 다뤄 극단적인 소리를 만들어낸다. 사운드 아티스트 야나 빈데렌Jana Winderen의 말대로 소리가 가장 비물질적인 물질이라면, 극단적인 소리 역시 인간이 만든 물질이다. 공사장에서 들려오는 난폭한 소리를 듣고 있자니, 함께 살아가는 나무와 풀꽃 그리고 어딘가 숨죽이고 있을 동물들이 마음에 밟혔다. 나는 우리가 사는 지구, 바로 그 고통받는 어머니Mater Dolorosa의 모습이 떠올랐다. 어디서 우는 소리가 들려오는 듯했다."

## 05. Transcendence

사랑하는 가족이 먼 곳으로 떠난 날, 우리의 마지막 공간을 채워주었던 곡입니다. 원곡은 10분 안팎의 짧은 곡이었지만, 한 시간 길이의 곡으로 다시 태어났습니다.